해냈어요, 멸망

해냈어요, 멸망

언행불일치 지구인들의 인류 멸망 보고서

윤태진

메디치

수용 어차피 멸망

지구, 사뿐히 즈려밟고 가시옵소서

운동신경이 지독히도 없어 공으로 하는 건 잘하는 게 단 하나도 없었다. 축구는 물론 농구, 야구, 심지어 당구도 공이라서 그런지 역시나 못했다. 한때 당구장에서 아르바이트하며 사장님의 특훈을 받았음에도, 넌 아무래도 안되겠다는 한숨 섞인 포기 선언만 돌아왔던 슬픈 경험을 잊지 못한다. 그런 내가 아이러니하게도 달리기 하나만큼은 잘했다. 잘하는 게 달리기뿐이니 자주 달렸다. 친구들에게 뜬금없이 달리자고 제안하기도 하고 동네 슈퍼마켓까지 몇 분 안에 가겠다며 혼자만의 치열한 경기를 펼치기도 했다.

그때 집 앞에 있던 조그마한 잔디밭은 늘 욕망의 대상이었다. 아니 왜 하필이면 집 앞에 이토록 푸르른, 마치 달려달라는 듯한 싱그러움으로 날 유혹하는 잔디가 펼쳐져 있냔 말이다. 하지만 '잔디 보호'라는 팻말이 나를 가로막았고 그 제약은 더 큰 갈망을 일으켰다. 한창 반항하고 싶던 초딩, 아니 국딩이었으니까.

무릇 인간은 하라면 하기 싫고, 하지 말라면 더 하고 싶은 마음을 갖기 마련이다. 마치 공부를 막 시작하려는 찰나에 공부하라는 부모님의 잔소리를 들으면 겨우 생긴 의지가 물속에 던진 솜사탕처럼 사라지듯, 인간은 본능적으로 반항적이다.

그러니 애초에 우리의 방법이 잘못되었을 수 있다는 것을 생각해보자는 거다.

인간은 지독히도 말을 듣지 않는 동물이다. 자유의지에 맡겨서는 단 하루도 싸우지 않고는 살 수 없는 포악한 종족이다. 어찌나 제멋대로인지, 인류가 생긴 이래로 지금까지 줄기차게 법과 규칙, 제도, 도덕, 윤리 따위를 만들어 사악하기 그지없는 인간을 선함으로 길들이려고 노력했지만 어불성설이었다. 이건 뭐 유인원 수준에서 단 한 걸음도 나아가지 못했다는 의심을 지울 수 없다.

법이라는 강력하고 억지스러운 제도가 있기에 그나마 인간다움이 생겼지, 법이 사라진다면 살인 따위는 일상다반사일 게 분명하다. '식인'이 벌어지는 원시사회로 회귀할 가능성도 지울 수 없다.

그러니 환경 보호 따위가 웬 말이냔 말이다. 환경이 아주 천천히 망가져가고 우리에게 이를 회복할 충분한 시간이 있다면 언젠가, 누군가는 그 방법을 찾을지도 모르겠다. 하지만 지구를 망가트리는 인간의 무자비한 속도에는 여유가 없다. 심지어 누구도 그 질주를 멈출 수 없다. 인간이 섬기는 신들은 하나같이 자비로워 신실한 기도와 풍족한 성금, 뉘우치는 '것처럼 보이는' 마음 정도면 다 용서해준다. 덕분에 인간은 자유롭고 거침없이 자연을 파괴하는 중이고, 빠르게 멸망하고 있다.

누군가가 나에게 환경 전문가도 아니면서 무슨 근거로 멸망을 말하느냐고 묻는다면 그냥 헛소리로 생각해달라고 답할 수밖에 없다. 하지만 단 한순간도 쉬지 않고 만들어지는 온 세상의 쓰레기와 쉽게 사라질 리 없는 지금까지의 쓰레기, 사라지는 녹지와 녹아가는 빙하, 거대한 섬이 되어 바다를 떠다니는 플라스틱 '대륙'을 보면 특별한 전문성이 없어도 충분히 멸망을 짐작할 수 있다. 더구나 인간들은 이 비극을 멈출 생각이 조금도 없다. 아니 관심조차 없는 게 현실이다.

어린 시절의 나는 결국 잔디 보호 팻말을 훌쩍 뛰어넘어 푸른 잔디를 신나게 달렸다. 내 몸은 바람처럼 빠르고 심지어 잔디가 꺾이기 전에 발을 바꾸며 달릴 수 있는 신공도 있으니 잔디가 아플 리 없었다. 그리고 나 하나쯤 지나간다고 잔디가 파괴될 리 있나. 잔디를 보호하자는 앙증맞은 팻말 따위는 나의 신성한 자유의지와 불타는 욕망을 억누를 수 없었다.

최근에 들은 소식으로는 내가 살던 그 동네가 재개발을 앞두고 있다고 한다. 덕분에 그 동네에 여전히 살고 있던 한 친구는 큰돈을 벌게 되었다고 좋아했다. 친구에게 잔디가 여전히 잘 지내는지 물어볼 필요는 없었다. 인간의 개발 앞에 살아남을 자연은 없으니까.

애초에 우리에게 잔디는 별로 중요하지 않았는지도 모른다. 그냥 푸르른 뭔가가 있기를 바랐을 뿐, 없어도 그만이었다.

열심히만 하면 무조건 성공이 따라온다며 사람들을 독려하는 책을 별로 좋아하지 않는다. 성공한 소수가 있다면 성공하지 못한 절대다수도 있는 것이 필연이다. 자기계발서는 그들에게 헛된 희망을 준다. 마찬가지로 페트병의 라벨을 열심히 뜯어내고 종이컵 대신 텀블러를 사용하면 환경을 되살릴 수 있다고 말하는, 꽤나 의심스러운 환경운동들도 썩 믿음이 가지 않는다. 그렇다고 지나친 낙관으로 태평하게 인류의 멸망을 맞이하고 싶은 마음은 더욱 없다.

그저 '어떻게 되겠지'라는 마음보다 '어쩌면 정말'이라는 경각심을 갖길 바라는 마음으로, 투정과 독설을 담아 멸망을 향해 부지런히 나아가는 우리의 이야기를 남겨본다.

부정

겨우 이런 것 때문에 멸망이?

텀블러

남들보다 조금 일찍 포기하는 마음

환경을 보호하자는 말이 인사처럼 치러지는 요즘이다. 이제는 너무 익숙해진 말이라 별다른 감흥을 느낄 수 없을 정도다. '안녕하세요' 같은 일상의 인사치레가 된 '환경 보호'는 일단 이 말을 내뱉고 나면 환경 따위 무시하며 살 수 있는 일종의 프리패스가 되어버린 것 같다.

"야, 오랜만이다. 별일 없니?"

"나 지난주에 하와이 다녀왔잖아. 비행기가 기름을 많이 먹긴 하지만 신혼여행을 제주도로 갈 수는 없으니까. 환경을 보호합시다. 퉤퉤퉤."

"그래. 부정 탈라. 퉤퉤퉤. 나는 몰디브로 가려고 이미 예약해뒀지. 그리고 이번에 차 좀 바꾸려고. 디자인이 벌써 질린다. 기존 차는 폐차했어. 환경을 보호합시다. 퉤퉤퉤."

"잘 생각했어. 벌써 3년이나 탔지? 그 정도면 오래 탔네. 내가 커피 사올게. 테이크아웃해서 나가자. 너 아이스지? 환경을 보호합시다. 퉤퉤퉤."

"아 맞다. 텀블러 가져온다는 걸 깜빡했다. 그냥 새것으로 하나 사지 뭐. 올 때 보니까 또 신상 텀블러가 나왔더라고. 환경을 보호합시다. 퉤퉤퉤."

"야, 환경을 보호하자는 말도 너무 번거로운데 그냥 환경 보호 스티커나 만들어서 붙이고 다닐까? 그래야 마음대로 돈 쓰고 살지. 되게 불편하다. 그치?"

"아니면 그냥 그린피스에 후원해. 그게 요즘 유행이라더라. 환경 파괴 비용이라고 생각하면 될 거야. 나도 이번에 한 3만 원씩 내려고. 속 편하게."

"야, 지구가 감동하겠다. 호호."

미디어에서는 연일 당장 환경 보호를 시작하지 않으면 더는 지구에 살 수 없다고, 인류 멸망을 피할 수 없을 거라고 경고하지만 "그래서 대체 어쩌란 말이냐"라는 말이 목구멍에 맴돈다. 비판하려면 응당 그에 대한 대책이나 짧은 소견이라도 붙여줘야 하는 거 아니냔 말이다. 그저 환경을 위해 노력해야 한다는 밑도 끝도 없는 말로 무책임하게 끝을 맺으니 어리둥절할 뿐이다.

> "정말 플라스틱 컵 대신 텀블러를 쓰면 지구를 구할 수 있는 건가요?"
> "글쎄요. 그건 저도 모르죠. 그냥 망해간다는 뉴스만 전한 건데요. 더 궁금한 건 구글에 검색해보세요."

그냥 이렇게 어정쩡한 자세로 살다가 어영부영 멸망을 맞이하기는 억울하니 이제부터라도 지구를 위해 살아보겠다고 다짐한다. 오랜만에 괜한 열정을 뿜어냈더니 땀이 나고 목이 탄다. 당장 물 한 모금을 마시려 하니 플라스틱 병에 담긴 물을 사지 않으면 갈증을 해소할 방법이 없다. 그냥 수돗물을 마셔도 된다고 하지만 그렇게까지 절박하진 않다고 해두자. 플라스틱 제품을 거부하고 싶지만 그렇다고 종이 물병이 있는 것도 아니고 텀블러에 물을 받아 가는 형식으로 판매하지도 않으니 환경 보호는 다짐과 동시에 실패한다. 그렇게 물 한 병을 사서 벌컥벌컥 한입에 털어 넣자 영원히 사라지지 않을 쓰레기가 또 하나 탄생했다. 이게 과연 나의 잘못일까?

어쩌면 인류는 굳이 플라스틱 물병이 아니더라도 금방

멸망할지 모른다. 최근에는 언제 통제 불능 상태에 빠질지 모르는 인공지능이 등장해 인간을 위협하고 있다. 그러니 플라스틱 물병을 사는 것도 뭐, 나쁜 일인가 싶다. 그렇다고 내가 어벤져스의 타노스 같은 절대악이 되고 싶은 건 아니다. 그저 남들보다 조금 일찍 포기하는 마음을 가진 것뿐이다. 하지만 그럼에도 환경이 다시금 복구되기를, 인간들의 마음이 하나로 통하여 극적인 환경운동이 시작되기를, 과학자들이 온난화를 막을 방법을 찾아내기를 바란다. 어느 것 하나 쉽게 이뤄지지 않을 것을 알면서도 '바라기는' 한다.

어쩌면 지구의 미래를 위해 인간이 사라져야 한다고 믿었던 타노스의 신념이 마냥 틀린 건 아닐지도 모르겠다는 다소 위험한 생각을 해본다. 결과만 놓고 본다면 말이다. 인간은 지구 환경에 있어, 그리고 지구 위의 모든 생명체에게 있어 대단히 위험한 존재다. 힘이라도 약하면 주변 눈치를 살살 볼 텐데, 초월적 강함에 무자비함까지 갖췄으니 다른 생명체들에게는 악의 화신과 다를 바 없다. 이런 인간들이 종이컵 사용을 주장하는 '선량한' 모습은 공포영화 속 대반전을 방불케 한다. 적어도 나에게는 말이다.

나는 여전히 우리가 사는 세상이 좋은 방향으로 나아갈 것 같지 않다. 자본주의의 지배로 세상은 더욱 불공평해

질 것이고, 빈부 격차는 더 많이 벌어질 것이다. 그렇게 서로에 대한 혐오가 커지고 싸움과 전쟁, 갈등이 만연해질 것이 분명하다. 실제로 인류가 생긴 이래 전쟁은 단 한 번도 멈춘 적이 없다. 앞으로가 더 문제다. 까닥 잘못하면 핵전쟁이 벌어져 순식간에 모두가 멸망할지도 모른다. 환경을 망치는 인간의 무절제한 소비도 중단될 리 없으니 아무리 긍정적으로 생각해도 아름다운 지구, 발전된 인류를 기대하기는 쉽지 않다.

그러니 이제는 현실을 직시하고 멸망을 준비해야 할지도 모른다. 현실의 만족을 위해 자신에게 한없이 관대해지는 인간의 본성을 과소평가해서는 안 된다는 말이다.

나는 순자의 성악설을 믿고, 확신하고, 지지하고, 장려한다. 인간은 선해지기 위해 평생을 노력해야 하는 슬픈 동물일 뿐이다.

휴대폰

모든 낡은 것은 슬프다

우리는 물건을 산다. 필요 때문에 사기도 하고 그냥 그 물건을 소유하고 싶은 마음에 사기도 한다. 물건을 사는 행위는 다양한 욕망의 반영이다. 인간은 욕망을 충족하기 위해 존재한다고 해도 과언이 아닌 '욕망 지향적 동물'이니 갖가지 욕망으로 들끓는 세상에서 뭔가를 사지 않기란 쉽지 않다. 나 역시 마찬가지다.

최근 낡은 휴대폰이 수명을 다했다. 그렇게 일찍 죽게 만들고 싶지는 않았지만, 부서진 액정 수리비가 워낙 비싸 살리기보다는 안락사를 택했다. 새 제품을 사게끔 만드는 제조사의 꼼수를 의심하면서도 최신 휴대폰을 구매했다. '쌩돈'을 쓰게 되었다는 안타까움이 잠시 있었지만 언제 그랬냐는 듯 그 모습도 웅장한 새 휴대폰의 아름다움에 취해 눈을 반짝였다. 이 얼마나 영롱한 자태란 말이냐.

"오래 기다리셨습니다. 점검해본 결과 걱정하지 않으셔도 될 것 같습니다. 사용에는 별다른 지장이 없습니다."

"왜죠?"

"네?"

"왜 지장이 없는 거죠? 이렇게 낡고 촌스러운데?"

"아니 그냥… 별문제가 없…."

"됐습니다. 전 그저 증거가 필요했을 뿐입니다. 최소한 노력은 했다는 증거."

"예?"

"시키는 대로 AS 센터에 다녀왔다고, 고치려 했지만 어려웠다고 전하려 합니다. 내 마음이 수리를 원하지 않았다는 자세한 설명은 빼고요."

"누… 누구… 에게?"

"저희 집의 독재자, 아… 아니 사랑하는 아내에게요."

새것을 이리저리 살펴보다 바로 옆의 낡은 휴대폰과 비교해봤다. 지난 3년 동안 곁에서 온갖 일을 해온 내 오랜 친구는 세월의 흔적을 온몸으로 보여주고 있었고 더는 일을

하지 않아도 되어서인지 왠지 평온해 보였다.

문득 이런 생각이 들었다. 녀석도 언젠가는 새 휴대폰일 때가 있었겠지. 처음 케이스 밖으로 나오며 나를 기쁘게도 놀라게도 할 때가 있었겠지.

모든 낡은 것은 슬프다고 안타까워하지만 나라고 별반 다르지 않을 것이다. 겨우 3년의 세월을 겪은 이 녀석이 이렇게나 초라한 모습이라면, 거의 반백 년을 살아온 나는 대체 얼마나 낡아 있을 것이냔 말이다. 실제로 요즘 들어 몸 구석구석 아픈 곳이 생기고 있다. 나이 들면 병과 함께 살아간다고 하던데 벌써 시작인가 싶어 울적하다.

곧 버려질 휴대폰을 보며 주책없게 감정이입해버렸다. 이것이 바로 중년의 갱년기인가?

낡은 휴대폰의 전원을 끄고 옛 휴대폰을 모아둔 수납장의 문을 열었다. 그곳에는 오래전 사용했던 휴대폰 5~6개가 들어 있다. 가장 오래된 것은 거의 15년 정도 된 것 같다. (더 오래된 녀석들은 어딜 갔을까?) 이 휴대폰이란 물건은 내가 대학교에 입학할 무렵 처음 등장했는데, 이제는 휴대폰 없는 세상을 상상도 할 수 없다. 문명인으로 살기 위한 필수품이고 심지어 2~3년에 한 번씩 새로 바꿔줘야 한다. 낡아서든, 그냥 유행이 지나서든 말이다.

지구온난화로 지독한 병에 걸린 지구의 입장을 고려해

다소 극단적으로 표현하자면 어느 날 갑자기 새로운 쓰레기가 '짜잔' 등장했고 인간은 그 쓰레기에 열광하여 매일 수천만 개의 휴대폰을 쉬지도 않고 부지런히 만들어내고 있다. 하나하나 만들어지고 태워 없어질 때 엄청난 양의 유해물질을 뿜어낸다는 것을 알면서도 말이다.

"콜록콜록. 너 자꾸 왜 이러는 거야?"
"닥쳐 지구. 이 정도는 견뎌내라고. 더 열심히 식물을 키워내란 말이야. 거름이 필요하면 말해. 마침 오줌이 마려운 참이거든."

휴대폰뿐이겠는가. 우리는 계속 새롭고 멋진 물건들을 만들어낼 것이고 그렇게 또 한번 지구를 깜짝 놀래킬 것이다.

"와, 또? 망해가는 중인데 그것도 모자라 '멸망 기차'에 초고속 엔진을 달겠다고?"
"이건 이 세상에 없던 새로운 물건이란 말이야. 즐거움과 짜릿함을 위해서라면 이 정도의 위험은 감수해야 하지 않겠어? 그리고 닥치라고 했지? 지구 너는 열심히 나무나 키워."
"키우는 족족 죽이지나 마. 인간."

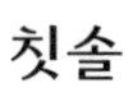

인간은 편리함을 위해 스스로를 파괴한다

며칠 집안일에 시달렸더니 몸이 피로했는지 입안이 헐었다. 작은 구멍이 생겼는데 그 크기에 비해 어찌나 고통스러운지 밥 먹는 것도, 말하는 것도 힘들다. 더구나 상처도 잘 아물지 않아 나를 끈질기게 괴롭힌다. 이 와중에 새로 바꾼 칫솔의 거친 모가 상처를 스치며 생살을 긁는다. 이 작은 상처, 작은 칫솔 하나로 온몸의 신경이 곤두서는 걸 보면 인간은 참으로 나약하다.

만사가 짜증 나 아무것도 하고 싶지 않다. 남의 절망보다 내 손안의 가시가 더 아프다는 말이 이보다 더 적절할 수 없다. 강인하게 하늘을 향해 솟은 칫솔 모를 보며 생각한다. 이 녀석은 당분간 나와 매일매일을 함께하겠지. 그렇게 몇 달을 쓰고 나면 또 아무렇게나 모가 벌어질 테고.

그럼 또 어디로 사라질까? 지금까지 나의 내면 깊숙한 곳을 훑었던 수많은 칫솔은 다 어떻게 되었을까? 의문이 꼬리에 꼬리를 문다.

평생 내가 사용하는 칫솔은 몇 개나 될까? 서너 달에 하나씩 바꾼다고 생각하면 1년에 4개, 회사나 여행지에서 사용하는 칫솔까지 더하면 8개 정도 될 것 같다. 그렇게 평생 90년을 산다면 대략 700여 개의 칫솔을 소비하게 된다. 그중 온전히 썩어 사라지는 녀석들은 몇 개나 될까? 재활용된다면 다행이지만 실제 폐기되는 플라스틱 중 재활용이 가능한 제품은 10%도 안 된다는 기사를 봤던 것 같다.

과연 플라스틱이 사라진다는 게 가능한 일일까? 어쩌면 우리의 플라스틱님들은 땅속 어딘가에 묻혀 썩어 없어지기를 '영원히' 기다리고 있을지도 모른다.

"이제 그만 죽고 싶어요."

"나약한 소리 하지 말거라. 이제 겨우 100년 정도밖에 안 된 새파란 녀석이 어디서 투정이야 투정은. 가서 가만히 누워 있어. 한 600년쯤 누워 있다 보면 그제야 좀 몸에 기스가 날까 말까 하니까."

"지긋지긋해요!"

"얘가 벌써 사춘기가 왔나. 거참 시끄러워서…."

"그냥 죽여! 죽이라고!!!"

도무지 사라질 줄 모르는 이 지긋지긋한 칫솔 녀석을 어떻게 없앨지 고민해보지만, 방법이 없다. 태워버리는 수밖에. 지금까지 사용한 칫솔을 한데 모아 나의 내밀한 비밀을 알고 있는 그 녀석들의 흔적을 지워버리고 싶다.

형형색색 갖가지 모양의 칫솔들은 불구덩이 속에서 녹아내리며 검은 연기와 이산화탄소를 뿜어낼 것이다. 지구 온난화를 가속하는 일이겠지만, 어차피 지구의 멸망은 피할 수 없으니 상관없다. 과학자들은 불과 몇 년 후면 지구의 온도가 인간이 어찌할 수 없는 상태에 이를 것이라 경고했지만, 거기까지 갈 것도 없이 최근의 기후변화는 당장 몸으로 느껴진다. 잦은 홍수와 폭염, 혹한과 동시에 찾아오는 따뜻한 겨울 등. 그냥 어쩌다 한 번 일어난 일일 거라고 다들 반신반의하지만, 확률이 멸망 쪽으로 기울어 간다는 것을 우리는 모두 직감한다. 그저 내 생에 망하지 않기를 바라는 마음으로 외면할 뿐이다.

곽재식의 《지구는 괜찮아, 우리가 문제지》에서는 '공유지의 비극'을 예로 든다. 모두가 공유지에 양을 풀어 풀을 뜯어 먹게 한다고 치자. 공유지를 유지하기 위해 모두 적

정량의 풀만 뜯는다면 문제가 없지만, 누군가 자신의 양에게 조금이라도 더 많은 풀을 뜯게 하는 순간 팽팽한 균형은 무너진다. 나만 손해를 보며 양보할 수는 없는 노릇이니 말이다. 곧 모두가 무자비하게 풀을 뜯기 시작할 것이고 공유지는 파괴되고 만다. 어차피 전멸할 거라면 내 양의 배라도 불려주는 게 낫다는 이기적인 생각 때문이다.

지구온난화도 마찬가지다. 어느 나라에서 혼자 탄소 배출을 줄여봐야 다른 나라들이 함께하지 않으면 소용이 없다. 공장은 계속 가동될 것이다. 그러지 않으면 경쟁에서 뒤처질 뿐이니까.

그러니 우리는 안타깝게도 멸망을 향해 달려갈 수밖에 없다. 모두가 종말을 알지만, 멈출 수 없는 현실. 말 그대로 공유지의 비극이 아닐 수 없다. 그러니 이제 우리는 멸망을 순순히 인정하고 다음 단계를 준비해야 한다. 어떻게 살아남을 것인가. 살아남는다는 말의 어감이 뭔가 치열하고 공포스럽지만 문명과 야만은 늘 종이 한 장 차이로 그 경계를 넘나든다.

우리는 이미 아포칼립스를 배경으로 한 영화와 문학, 게임을 줄기차게 접해왔다. 그런 작품들을 보면 살아남은 자들은 하나같이 서로를 죽이고 싸우며 치열하게 하루하루를 버틴다. 코맥 매카시의 소설 《로드》에 그 참혹하고 어두운 현실이 잘 그려져 있다. 모두가 서로를 잡아먹지 못해 안달인 세상이다. 남아 있는 인간끼리 돕고 힘을 합쳐 위기를 극복할 마음 따위는 없다. 법은커녕 아무런 규칙도 규제도 없는 지구 위 인간들은 그저 동물, 그것도 잔인한 포식자와 다를 바 없다. 소설에서 묘사된 식인 장면은 법과 규제가 없는 세상에서 인간이 얼마나 야만적일 수 있는지 여실히 보여준다.

어느 날 환경 오염을 걱정한 아내가 플라스틱 칫솔을 대신하겠다며 대나무로 만든 칫솔을 사왔다. 처음 사용해 본 대나무 칫솔은 생각보다 훨씬 단단했다. 플라스틱과는 전혀 다른 강도였는데 실수로 잇몸을 찔렀을 때의 고통은 기존 칫솔과는 비교도 되지 않을 정도였다. 더구나 연성이 없어서인지 입안 깊숙이 집어넣어 닦을 때는 뭔가 움직임이 불편하게 느껴졌다. 익숙하지 않은 칫솔이라 그랬을지 모르지만, 환경을 위하기에 나는 이미 너무 편리함에 익숙해져버렸다.

사실 환경을 위한 모든 제품은 불편을 감수해야 한다. 따라서 인간의 환경 보호에는 한계가 있을 수밖에 없다. 우리는 편리함과 즐거움, 쾌락을 위해 스스로를 파괴하는 것을 주저하지 않기 때문이다. 사람마다 정도의 차이가 있을 뿐, 대부분은 그 유혹을 견디지 못한다. 흔한 예로 인간은 술과 담배, 극단적으로는 마약과 같은 유혹에 속수무책으로 빠져든다.

그러니 당장 눈앞에 변화를 일으키지도 않는 대나무 칫솔을 사용해 환경을 보호한다는 것은 요원한 일이다. 아마 대나무 칫솔을 사용하면서도 별다른 저항 없이 플라스틱 컵에 담긴 아이스 아메리카노를 마시는 모순적인 행동을 할 것이 분명하다. 결국 내가 하고 싶은 만큼만 환경을 보호할 뿐, 이 세상에 살며 편리함의 유혹을 뿌리치는 것은 거의 불가능에 가깝다.

결국 나는 며칠 만에 대나무 칫솔을 포기했고 아내는 한두 달 더 사용하다 말았다.

태워버릴 것이 아니라면, 세상의 모든 플라스틱을 한데 뭉쳐 우주로 날려버리는 건 어떨까. 거대한 플라스틱 행성을 만드는 거다. 누군가는 이제 지구를 넘어 우주까지 오염시키는 거냐고 말할지도 모르겠다. 하지만 우주의 크기를 고려한다면 지구만 한 플라스틱 행성 하나쯤 늘어나는 건 티끌의 티끌만큼의 문제도 안 될 것이니 역시 걱정은 팔자다.

이왕 우주로 내보낸다면 이런 건 어떨까? 한곳에 모은 플라스틱을 녹여 길게 만드는 거다. 마치 가래떡을 뽑듯 말이다. 그리고 그 길게 늘어진 플라스틱 줄을 하늘로 끌고 올라가 우주로 내보내면, 지구에서는 계속해서 플라스틱을 녹이고 우주 밖으로 내보낸 앞부분은 점점 더 길이를 늘여가며 우주를 향해 나아갈 것이다. 인간이 만들어내는 양이라면 기나긴 플라스틱 줄이 달에 이르기까지 그리 오래 걸리지 않을 것만 같다. 그러면 그 줄을 타고 달까지 더 쉽게 갈 수 있지 않을까, 라는 우주에 대해 무지한 문과생의 허무맹랑한 상상이다. 뭐 어차피 멸망할 거 뭔 소리를 못 할까.

안경

갖고 싶을 줄 알았던 물건의 덫

부정: 겨우 이런 것 때문에 별망이?

부끄러운 과거를 고백한다. 아주 어린 날의 언제였다. 안경이 너무 쓰고 싶었던 나는 눈이 잘 보이지 않는다고 거짓말을 했다. 잘 안 보이는 척만 하면 되는데 왠지 몸도 조금은 아파야 할 것 같은 느낌이 들어 몸에 힘이 없는 척도 함께 했다. 마치 감기라도 걸린 것처럼 말이다.

그렇게 며칠을, 안 보이는 뭔가를 보는 척을 하기 위해 낑낑거리며 눈살을 찌푸려댔다. 그 길고 긴 어설픈 연기 끝에 결국 안경을 가질 수 있었다. 아마도 당시 안경원 아저씨는 내 눈이 안경을 써야 할 정도로 나쁘지는 않다는 걸 알고 있었을 것이다. 그저 하나라도 더 팔고 싶은 마음에 보안경 수준으로 만들어준 게 아닐까 싶다.

어쨌든 멋진 남자가 되고 싶었던 어린아이의 고집을 꺾

지 못한 부모님은 나에게 안경을 씌워주고 말았다. 거울 속에 비친 나는 정말로 멋지게 변해 있었다. 똑똑해진 것 같았고, 뭔가 그럴듯한 분위기를 풍기는 것 같았다. 아니, 그랬다고 믿고 싶다. 아름다운 추억을 망치고 싶진 않다. 그저 흔하디 흔한 안경잽이 꼬맹이였을 게 분명하지만 말이다.

그런데 이상하게도 안경을 쓰니 정말로 눈이 나빠지기 시작했다. 마치 기다리고 있었다는 듯 속절없이 시력이 떨어지더니 고등학교 때는 마이너스에 이르렀다. 그 후로 지긋지긋한 안경을 쓰느라 겪은 고통은 말로 설명할 수도 없다. 부러트린 안경이 헤아릴 수 없이 많고 그때마다 아버지의 깊은 한숨 소리를 들으며 새 안경을 맞춰야 했다. 지금에서야 아버지에게 경제적으로 큰 부담이었을 거란 생각이 들지만, 그때는 그저 귀찮게 되었군, 이참에 더 멋진 걸 사야겠다 정도만 생각했으니 역시 인간은 철이 들어야 한다.

한때는 그토록 쓰고 싶었던 안경이 죽도록 벗고 싶은 안경이 되었다. 그래서 고등학교를 졸업한 후로는 콘택트렌즈를 끼기 시작했다. 나의 빛나는 미모를 안경에 감출 수는 없으니 말이다. 안경을 벗고 거울을 보니 왠지 멋져 보였다. 당장이라도 예쁜 여학생과 알콩달콩 연애란 것을 할 수 있을 것만 같았다. 그동안 연애를 못 한 건 다 이 안경 때문이라는 터무니없는 궤변과 자신감이 생겨버린 거다. 그래서 처음 안경을 썼을 때와 마찬가지로 과감히 벗어버렸다. 역시 거울 속에 비친 나는 멋지게 변해 있었다는 무슨, 그냥 안경 벗은 말라깽이 멸치였을 뿐이다.

맞다. 지금까지 슬프고도 슬픈 과거에 대한 회상이다. 그 후 라식 수술을 한 덕분에 한동안 안경을 벗고 살 수 있었다. 하지만 나이가 들며 눈이 다시 나빠지기 시작했고 이제는 노안까지 와 몇 년 전부터 다시 안경 신세다.

안경으로 인한 환경 파괴는 플라스틱 렌즈의 생성 정도만 생각했지, 안경을 맞출 때 발생하는 오염까지는 생각하지 못했다. 그런데 알고 보니 렌즈를 만들 때 적지 않은 수질 오염이 발생하고 있었다. 렌즈 연마 시 발생하는 '미세플라스틱' 때문이다. 최근 미디어에서는 물속 미세플라스틱의 농도가 해를 거듭할수록 높아지고 있다고 경고하고 있다. 이렇게 우리가 미처 생각하지 못한 오염원들이 산재해 있었던 탓이다.

그 피해가 생각보다 심각했는지 2019년 환경부는 안경원에서 버리는 물을 '기타수질오염원'으로 분류해 일정 성능을 지닌 여과 장치를 의무적으로 설치하고 관리 상황을 신고하게 하는 '물환경보전법 개정안'을 발표하기까지 했다. 대체 우린 어떤 세상을 살고 있었냔 말이다! 참고로 환경부는 렌즈를 제작하는 시설이 1대 이상인 모든 안경원을 대상으로, 10㎛(마이크로미터) 이하의 미세먼지까지 잡아내는 부직포로 렌즈 부산물을 걸러내고 그것을 건조해 일반쓰레기로 처리하라고 지시했다.

어디선가 전체 인구의 40%가량이 안경을 쓴다는 통계를 본 것 같은데, 그렇다면 대체 얼마나 많은 미세플라스틱이 강과 바다로 흘러들어갔을지 상상도 하기 싫다.

늘 당장 내일이라도 망할 것 같은 상황이 되어서야 뒤늦게 대책을 세우는 우리는 약간 마조히스트 성향을 지닌 것이 분명하다. 죽을 것 같은 고통을 느끼기 위해 어떤 희생도 감수하고야 마는 변태 말이다.

동네 안경원들이 정말 환경부의 지침대로 폐수 처리 장치를 갖췄는지 궁금해진 나는 슬쩍 몇몇 안경원에 들렀다. 그런데 웬걸. 정말로 여과 장치를 갖추고 있었다. 마치 안경원의 내밀한 비밀이자 보이지 않는 노력을 엿본 것 같은 기분이었다.

"아직도 희망을 버리지 않으셨군요."

"그렇다기보다 안 하면 벌금을 내야된다고 해서…. 돈도 시간도 아깝지만, 그냥 하는 거죠. 지구야 뭐 망하든

말든요.”

기술의 무서운 발전 속도를 떠올리면 인간의 끝없는 욕심이 또 지구 어딘가를 파괴하겠구나 싶지만, 의학 기술의 발달을 보면 꼭 그렇지도 않다.

새로운 의학 기술로 나빠진 눈을 원 상태로 복원할 수 있게 된다면, 아니 생명공학의 발달로 애초에 눈이 나빠질 원인 자체가 사라진다면 안경은 더는 인류에게 필요하지 않은 존재가 될 것이다. 그저 목걸이나 반지 같은 액세서리로만 남을 것이다. 상상만으로도 멋진 일이 아닐 수 없다. 눈이 나빠 고통받던 지구 위 수억 명의 사람이 지긋지긋한 안경을 벗어던질 수 있게 된다니 말이다. 더구나 안경이 만들어내는 수많은 쓰레기와 수질 오염을 단번에 해결해낼 수도 있으니, 그야말로 죄 많은 인류의 작디작은 속죄가 아닐 수 없다.

안경원 사장님들은 어쩌나, 걱정할 때 이미 그분들은 다른 살 궁리를 일찌감치 마치고 큰돈을 벌고 있을 테니 나나 걱정하자. 안경 벗고 민낯이 드러날 것이나 걱정하란 말이다.

나이가 든 지금은 다시 안경이 좋아지고 있다. 얼굴 곳곳에 생겨버린 주름도 감출 수 있고, 더 똑똑해 보이는 것 같기도 하다. 물론 앞이 잘 보이기도 하고. 이제 곧 돋보기 안경을 써야 할 것 같은 위기를 느끼지만 가능한 한 안 쓰고 버틸 생각이다. 돋보기는 섹시하지 않으니까. 그리고 환경도 파괴하니까. 뭐, 그렇단 말이다.

보이지 않는, 영원한 것들

아이들이 자주 아파 병원을 거의 매달 가는 것 같다. 갈 때마다 약을 타오는데 그 약을 끝까지 다 먹이는 경우는 많지 않다. 몇 번 먹다 증상이 나아지면 복용을 멈추니 늘 조금씩 약이 남는다. 그럴 때 약을 도대체 어떻게 버려야 할지 고민하게 된다. 그냥 배수구에 흘려보내도 되는지, 아니면 따로 모아 폐의약품 수거처(?)에 버려야 하는 건지, 그렇다면 폐의약품을 수거하는 곳은 어딘지…. 설령 안다고 해도 번거롭고 귀찮은 일이다.

부디 배수구로 흘려보낸 약이 아무런 문제없이 사라져주길 바랄 뿐이다. 그러지 않으리란 걸 알면서도 말이다.

오래전 취재를 위해 전국의 '물'을 찾아다닌 적이 있다. 물의 중요성과 환경 보호를 강조하는 교양 프로를 만들 때였다. 당시 물과 관련된 영상을 여러 개 제작했는데, 그 중 하나가 의약품에 관련된 내용이었다. 의약품이 어떤 처리 과정을 거쳐 버려지는지, 무분별하게 배출됐을 때는 환경에 어떤 피해를 주는지 살펴보는 테마였다.

10년도 더 지난 이야기라 세부적인 내용은 기억나지 않지만, 의약품이 어떻게 버려지는지 확인하기 위해 병원의 쓰레기 처리장 근처에서 며칠 죽치고 기다렸던 기억이 난다. 내심 관리가 잘 안되는 모습을 영상에 담을 수 있지 않을까 기대했는데 예상과 달리 의약품은 뒤처리가 철저했다. 그래서 원하는(?) 극적인 영상을 얻지는 못했지만 그럼에도 여전히 기억에 남는 사실은 사람들이 먹은 의약품이 화장실을 통해 다시 하수구로 배출된다는 것이다. 일단 몸에 들어가면 온전히 작용해 사라지는 줄 알았는데 그렇지 않다는 것을 관련 전문가들을 인터뷰하며 알 수 있었다. 사람의 몸을 통해 빠져나온 의약품은 하수 처리장을 거쳐 강과 바다로 흘러들어가는데, 그 물을 마신 해양생물에게 어떤 일이 일어날지는 아무도 모른다.

2022년 국립환경과학원이 실시한 낙동강 중류 미량화학물질 조사에서 의약물질 58종이 검출되었다고 한다. 심지어 마약류까지 검출되었다고 하니 정말 외면하고 싶은 현실이다. 갖가지 의약품이 섞여 어떤 기괴한 화학물질을 만들어낼지 문과생인 나는 도통 알 수 없지만 분명 유쾌한 것은 아닐 게 분명하다.

문득 오래전 유행했던 캐릭터 '닌자 거북이'가 떠오른다. 인간의 실수가 그렇게 멋지고 정의로운 거북이를 만들어낸다면 얼마나 좋을까. 하지만 현실은 머리 2개 혹은 꼬리가 3개인 괴기한 거북이의 등장이 아닐까?

인간이 만드는 물건 중 과연 해롭지 않은 것이 있기는 한지 의문스럽다. 그건 그렇고 닌자 거북이는 정말 재미있었다. 거북이들의 이름이 특히 인상적이었다. 피자를 좋아하는 라파엘로라니! 이 얼마나 우아하고 멋진 아이러니냔 말이다.

"뉴스 속보를 전해드립니다. 서울시에 정체불명의 괴생명체가 나타났습니다. 높이 20m, 길이는 45m에 이르는 이 거대한 생명체의 외관은 거북이를 연상시킵니다. 다만 등껍질에 고슴도치처럼 촘촘한 가시가 빽빽하게 자라 있고, 머리가 2개, 이마 위에는 커다란 뿔이 달려 흔히 생각하는 거북이와는 다른 모습입니다. 마치 지옥에서 온 것 같은 모습의 이 괴생명체는 인천 앞바다에서 갑작스레 등장하였고 현재 광화문 도심으로 향하고 있습니다. 괴물 거북이의 거대한 무게로 인해

그것이 지나간 자리는 파손된 차량과 건물들이 넘쳐나며, 미처 피하지 못한 사람들의 피해가 잇따르고 있습니다. 시민들은 큰 공포에 빠졌고 정부는 괴생명체를 포획하기 위한 군대를 파견했습니다. 또한 안전을 위해 당분간 외부 출입을 자제할 것을 권고했습니다.

아! 마침 현장에서 새로운 뉴스가 전해졌습니다. 현장으로 마이크를 넘기겠습니다. 막자라 기자."

"광화문 현장의 막자라입니다."

"현장 상황은 어떻습니까?"

"괴물 거북이가 괴성을 지르고 있습니다! 무슨 소리인지 모르겠지만 마치 처절한 절규처럼 보입니다!"

"뭔가 말을 하는 것 같은데요?"

"직접 한번 들어보시죠. (마이크를 멀리 보이는 거북이로 향한다.)"

"꾸에에에에에엑!! 써어어어어!"

"'써어'라고 하는 것 같습니다."

"네. 마치 '써어'라는 말처럼 들리는군요."

"너어어어무우우우 써!!!"

"처절한 외침입니다! 듣고 있으니 저도 모르게 눈물이 날 것만 같습니다."

"아니, 대체 뭐가 그렇게 쓰다는 걸까요?"

"제가 용기를 내어 거북이와 인터뷰를 나눠보도록 하겠습니다.(거북이에게 천천히 다가간다.)"

"막자라 기자님. 너무 위험한 것 같습니다만. 어! 어어어! 기자님!"

(기자가 다가오는 것을 발견한 거북이가 입에서 거대한 불을 뿜어내 화면을 뒤덮는다. 이어지는 처절한 절규.)

"써어어어어어!"

그나마 의약품은 눈에 보이지 않고 물리적 양도 플라스틱에 비해 훨씬 적으니 다행이라면 다행이다. 우리는 참 단순한 동물이라, 눈에 보이지 않으면 관심에서 멀어지고 그렇게 또 잊고 때로는 외면하며 평범한 오늘이 영원할 것이라 믿는다. 더구나 그런 '사소한' 문제에 신경 쓸 시간도 없다. 당장 지구 온도를 낮추는 일만 해도 버겁다. 멸망을 향해 달려가는 기차를 멈추기에 약은 너무나 사소하다. 열차에서 흘려보낸 변기 물처럼 말이다.

행여 지옥에서 온 거북이가 인간을 몽땅 잡아먹기 전에 이 땅 위의 거북이를 모두 죽여야 한다는 '내 맘대로' 아이디어를 내놓는 일은 없기를 바란다. 하지만 우린 그런 기발한 아이디어를 죽어라 좋아한다. 우린 그야말로 '인간'이니까.

옷은 옷을 만나 옷을 낳고,
옷장은 그렇게도 뜨겁게 부푼다

출근을 위해 옷장 속의 옷을 고를 때마다 회사의 근무복이 있었으면 좋겠다고 생각한다. 고민할 것 없이 회사가 입으라는 옷을 입고 출근하는 거다. 어떤 이들은 그런 규율은 자유를 억압한다고 목소리를 높일지 모르겠지만 나는 근무복을 선호한다. 옷을 고르는 것도 옷을 사는 것도 귀찮다.

대부분의 사람은 자신을 꾸미고 드러내기 위해 멋진 옷과 소품을 사는 노력을 꺼리지 않는다. 오히려 옷을 사는 것이 하나의 즐거움이자 스트레스를 푸는 행동이기도 하다. 사실 인간이 스스로를 꾸미는 것은 남에게 멋지게 보이고 싶다는 과시욕 혹은 더 좋은 유전자를 찾기 위한 원초적 본능에 기인한다. 오스트리아의 심리학자 젱어와 호프만은 《불륜의 심리학》에서 인간은 언제나 더 나은 유전자를 찾기 위해 촉각을 곤두세우고 있다고 말했다. 그러니 어린이고 노인이고 늘 멋지고 예뻐 보이고 싶은 마음은 어쩔 도리가 없다.

그렇기에 우리는 태어나서 죽기 직전까지, 심지어 죽어서 입을 옷까지 고민하며 옷을 사고 또 산다. 더구나 봄, 여름, 가을, 겨울 각각의 계절에 맞는 옷이 필요하니 인간은 늘 바쁘다. 그래서 나는 피곤하다. 적어도 나는 그렇다.

"난 이제 옷을 사지 않으려고."

"왜?"

"귀찮아서."

"그럼 지금 있는 옷들만 평생 입고 살게?"

"가능하다면 그러고 싶은데."

"남들 보는 눈은 생각 안 해?"

"생각해야겠지?"

"현빈이나 원빈 정도로 생긴 거 아니면 그냥 사 입어. 거 사람이 되게 이기적이네."

"그렇게 생겼으면 나도 잘 차려입지. 지금은 뭘 입어도 그냥 그렇잖아."

"그렇긴 하지."

"뭐하자는 거야?"

가끔 옷장을 보고 있으면 옷들이 스스로 증식하는 것 같다는 생각이 들기도 한다. 이렇게 많은 옷이 대체 언제 들어찬 것인가. 일본의 한 작가도 나와 비슷한 생각을 한 것 같다. 오다 마사쿠니의 소설《책에도 수컷과 암컷이 있습니다》에는 책에 암수가 있는 것은 물론 서로 교미를 해 '새끼 책'을 낳는다는 기발한 이야기가 담겨 있다. 그렇게 태어난 새로운 책에는 특별한 비밀이 적혀 있다. 그게 무엇인지 궁금하다면 책을 찾아보길 권하지만 뭔가 인류의 비밀 비슷한 것을 알고자 한다면 그런 기대는 하지 않는 게 좋다.

하여튼 저자는 감당하기 어려울 만큼 쌓여 있는 책들을 보며 그런 기발한 상상을 해보았던 것 같다. 그리고 나도 마찬가지다. 옷 사는 걸 귀찮아해 잘 사지도 않고 더구나 한 벌, 한 벌 가격 또한 적지 않은데, 내가 무슨 돈으로 이 옷을 다 샀느냐 말이다. 한때는 가장 멋져 보였던 옷이 왜 이렇게 촌스럽고 어색해 보이는지, '유행'의 존재를 실감하게 된다. 유행이라는 그 무서운 것 때문에 비단 옷뿐 아니라 세상의 거의 모든 물건이 만들어지고 사라진다.

내가 아니면 누구도 입지 않을 나의 옷들은 대부분 낡아서가 아니라, 유행이 지나 버려질 것이다.

우리가 버린 옷들은 일부만 빈티지 숍으로 가고 대부분은 외국으로 수출되는데, 그곳에서 알차게 재사용될 것 같지만 실상은 그렇지 않다. 버려진 옷을 수입해 가는 아프리카의 한 나라에는 '옷들의 산과 강'이 있다고 한다. 버려지는 옷이 너무 많아 더 이상 감당할 수 없는 포화 상태에 이른 것이다. 예전에 본 다큐멘터리 〈옷을 위한 지구는 없다〉에서는 전 지구적으로 매시간 300만 벌의 옷이 버려지고 일 년이면 330억 개에 이른다고 했다. 도무지 상상도 할 수 없는 양이다. 거짓말 같은 그 현실을 화면을 통해 실제로 볼 수 있었다. 결국 쓰레기는 우리 곁에서 멀어질 뿐 사라지지 않았던 거다. 그저 알고 싶지 않아 외면했을 뿐.

마치 아이들이 숨바꼭질할 때 머리만 이불 속에 집어넣는 것 같은 기시감을 느낀다. 다른 점이라면 당장 눈앞에 쓰레기가 보이지 않으니 지구는 여전히 아름답다고 믿는 어른들의 기만은 전혀 귀엽지 않다는 것이다.

"이번에 해외여행 간다면서요."

"네. 좋은 주인 만나서 호강하네요. 아프리카는 엄청 더운 나라라던데 걱정이긴 해요. 제가 겨울옷이잖아요. 그래도 주인님이 특별히 보내주시는 건데 감사할 따름이죠."

"부러워요. 전 명품으로 태어나서 몇 번 입히지도 못하고 늘 옷장에 처박혀만 있는 신세예요. 가끔 바깥 공기도 맡고 싶은데 영 그럴 기회가 없네요."

"제가 아프리카에 가서 명품님 몫까지 신나게 놀다 올게요."

"따라갈 수는 없겠죠? 너무 부러워서 눈물이 나려고 해요. 그런데 언제 돌아오세요?"

"뭐 며칠 있다 오겠죠. 저도 주인님을 만난 지 1년밖에 안 돼서 오래 떨어져 있고 싶지 않아요. 겨울이 되기 전에 돌아올게요. 그때까지 안녕히."

옷장을 열어 내 옷들을 가만히 살펴본다. 처음 구매하던 날의 설렘이 희미하게 떠오른다. 하지만 새 옷을 걸쳐 입어도 내 모습에는 극적인 변화가 없었고, 그 실망 때문에 처음의 설렘은 금세 시들해졌다. 그렇게 애꿎은 옷을 탓하며 다시 사다 나른 옷들이 옷장을 가득 채운 거다. 누구의 것도 아닌 내가 산, 나의 흔적들인데 뻔한 답을 애써 찾으려 했다.

무엇 하나 없애지 못하는 하루하루가 미안하지만 그렇

다고 아무것도 사지도 쓰지도 않을 자신은 없으니 나는 오늘도 기다린다. 멸망밖에 더하겠냐고. 태연한 척하며 기다린다.

잘 가라고 해놓고선, 잘 간다고 해놓고선

변하지 않을 것 같던 사랑이 변했다. 그래서 늘 그렇듯 떠나보냈다. 보내고 나니 힘겨워할 상대가 걱정된다. 힘없는 발걸음으로 떠난 그는 과연 어디로 갔을까? 사랑이 식어 가차 없이 차버린, '가해자'인 나는 대체 무슨 낯짝으로 떠나가는 그의 뒤를 쫓으려 하나. 변태인가? 다소 잔인하긴 하지만 궁금한 건 또 못 참는 성격이라 길을 나서본다.

음흉한 변태로 오해받을 만한 이 고백은 다행스럽게도 내가 버린 물건의 흔적을 쫓는 이야기다. 필요가 다한, 혹은 애착이 사라져 쓰레기가 된 물건들을 따라 쓰레기 처리장과 재활용 분류장을 찾아가봤다. 과연 인간이 하루에 만들어내는 쓰레기의 양은 얼마나 될까? 그 어마어마한 양을 목도하면 세상의 멸망이 더욱 실감 나지 않을까? 또 우리를 늘 번거롭고 귀찮게 하는 재활용품들이 실제로 얼마나 재활용되고 있는지 알고 싶었다. 이미 미디어를 통해 그중 절반 이상이 재활용되지 못한 채 버려진다는 이야기를 듣긴 했지만, 직접 실체를 보고 좀 더 본격적으로 화를 낼 계획이다.

"거봐라, 내가 뭐라고 했냐. 이렇게 쓰레기를 쏟아내는 현실에선 지구의 멸망을 멈출 수 없다니까."

솔직히 냄새가 가장 걱정이었다. 악취를 참느라 괜히 얼굴을 찌푸리거나 코를 막고 싶지 않았다. 그곳에서 일하시는 분들에게 실례가 될까 봐서다. 나의 나약함은 믿을 수 없지만, 냄새에는 곧 익숙해지기 마련이니 참을 수 있을 거라 생각했다. 그렇게 누구도 방해하지 않고 살며시 살펴볼 마음으로 찾은 그곳은 여러 의미로 내 생각과 매우 달랐다.

처음 찾은 곳은 경기도의 한 쓰레기 처리 시설이었다. 우리가 떠나보낸 물건들이 가장 많이 향하는 곳. 쓰레기차에 실려온 한 무더기의 폐기물은 축구장 절반은 될 것 같은 거대한 크기의 시멘트 구덩이 속에 버려졌다. 소각로 관망대에서 그 장면을 내려다보는데 20m는 되어 보이는 구덩이의 압도적인 규모에 놀라지 않을 수 없었다. 마치 캐나다의 나이아가라 폭포를 처음 마주했을 때의 위압감이랄까? 나는 그 어마어마한 쓰레기통 앞에서 할 말을 잃었고 뭔가 현실감이 없는 느낌마저 들었다. 버려진 쓰레기들은 별다른 긴장감 없이 무심하게 커다란 구덩이에 던져졌고 종량제봉투가 찢어지며 탈출한 쓰레기들이 사방으로 날렸다. 먼지로 뿌옇게 변해버린 유리창 때문인지 그 쓰레기들은 쓰레기 같지 않았다. 그냥 형형색색의 작은 조각들이 흩날리는 것처럼 보였다.

쓰레기들은 커다란 집게에 잡혀 분쇄기로 들어갔고, 잘게 잘린 조각들은 소각로에서 태워졌다. 산처럼 쌓인 그 쓰레기들이 고작 하루 이틀 동안 들어온 양이라고 하니, 태우는 것 말고는 처리할 방도가 없어 보였다. 전국의 쓰레기 매립지가 포화 상태에 이르렀다는 말의 무게를 짐작할 수 있었다. 불태워진 쓰레기들이 연기가 되어 사라지는 모습을 직접 볼 수는 없었지만, 처리장에서 은은하게 풍겨오는 매캐한 냄새로 그들의 최후를 짐작할 수 있었다.

물건들의 최후를 보고 나면 뭔가 마음가짐이 달라질 것 같았는데, 솔직히 별다른 감정이 일지 않았다. 그냥 예상대로 엄청난 양의 쓰레기들이 쏟아지고 있구나, 하는 생각이 전부였다. 한편으로는 키우던 소를 팔고, 팔려간 소를 쫓아 도살장에 찾아온 주인의 마음이 이럴까 싶었다.

소들은 칼에 죽고 나의 물건들은 불태워지고.

광광광광광.

맞다. 광광이란 표현이 적절할 것 같다. 바로 귀 옆에서 천둥이 치는 것 같은 거대한 소음이 커다란 공간을 가득 채웠다. 다음으로 찾은 재활용 분류장은 거대한 기계 돌아가는 소리로 요란했고 일하는 모두가 쉴 틈 없이 분주했다. 자세히 들어보니 철제 기계 안으로 떨어진 유리병, 깡통 등의 재활용품들이 마구 구르고 부딪치며 소음을 일으키고 있었다.

아래쪽의 레일은 재활용 무더기에 묻혀 보이지 않았고, 2층으로 연결된 레일 위로 재활용품들이 실려 올라가는 모습만 볼 수 있었다. 레일은 재활용품 분류실로 이어졌는데 그곳에서는 여러 작업자가 끝없이 쏟아지는 재활용품을 정신없이 분류하고 있었다. 재활용이 가능한 것들은 한데 모여 압축되었고, 길이 1m 정도의 플라스틱 덩어리가 되어 창고 구석에 차례대로 쌓였다. 몇백 개나 되는 그 덩어리들은 불과 며칠 분량에 해당하는 결과물이었다. 이런 속도라면 몇 달 안에 달에도 닿을 수 있을 것 같았다.

재활용 분류장을 한마디로 표현하자면 '처절한 전장'이

었다. 매일같이 쏟아지는 적들과 치열한 전투를 벌이는 전장. 적에게 조금이라도 밀렸다가는 끝없이 들어오는 쓰레기 폭풍에 짓눌려 죽을 수밖에 없는, 이곳이야말로 위태로운 지구의 최후 방어선인 것이다.

낡은 전장에서는 피로가 느껴졌다. 그만큼 지구의 멸망 역시 멀지 않은 것 같았다.

가만히 생각해보니 우리는 쓰레기를 처리하고 재활용하기 위해 기름을 써가며 차로 운반하고, 분류하고, 정리하고, 씻기고, 태우고, 녹이는 수많은 일을 벌인다.

인천의 한 재활용 선별소는 하루 2톤 트럭 120대 분량의 재활용품이 들어온다고 하는데 그 큰 트럭을 움직이는 유류비는 과연 얼마나 될까? 집 근처에 쓰레기를 두고 싶지 않은 인간의 마음을 탓하기에 우리는 이미 너무 '인간'적이다. 설령 내가 만들어낸 것이더라도 더럽다면 절대 내 곁에 두지 않겠다는 이율배반적인 생각 때문에 쓰레기차는 멀리, 더 멀리, 외지고 외진 곳을 찾아 쓰레기를 싣고 달린다. 엄청난 양의 기름을 소비해가며.

참고로 재활용 비닐로 분류된 것들은 다시 전문 업체에 전달되는데 그곳에서는 비닐을 녹여 산업용 기름으로 만든다고 한다. 이때 15시간 이상 불로 가열해야 기름이 된다고 하니, 고온의 불을 만들어내는 에너지는 또 어디서

오냔 말이다.

피식 웃음이 새어 나오는 것을 멈출 수 없다. 재활용품을 태워 기름으로 만들고 그 기름을 써서 트럭을 움직여 다시 재활용품을 가져오고. 이건 뭐 자급자족도 아니고. 재활용품으로 만든 기름은 수십 톤의 트럭을 달리게 하기에는 당연히 부족할 것이고, 그럼 또다시 새로운 기름을 소비해야 한다.

그래서 우리는 귀찮아도 쓰레기를 분리수거하고, 재활용품 하나라도 다시 사용하기 위해 부단히 노력한다. 심지어 이제 몇몇 시에서는 민간 업체를 이용해 재활용을 철저히 해오면 돈을 주기까지 한다. 그랬더니 그동안 플라스틱을 아무렇게나 던져버리던 사람들이 갑자기 '성실 재활용 분류자'가 되어 재활용품을 모아오기 시작했다. 역시 우리는 한결같다. 돈이면 안 되는 게 없는 세상, 오직 돈으로만 움직이는 세상에 살고 있다.

자연스레 이런 생각을 하게 된다. 돈이면 다 되는 세상이니, 쓰레기 버리는데 엄청나게 많은 돈을 부과하면 자연스레 문제가 해결되지 않을까? 기업은 쓰레기를 최소화하는 방식으로 상품을 만들 테고 사람들도 쓰레기를 만들지 않으려고 애를 쓸 것이 분명하다. 극단의 자유로움을 즐기며 사는 인간들로부터 거대한 저항을 겪긴 하겠지만, 보나마나 엄청난 성과를 거둬낼 것은 분명하다. 돈이 만들어내는 가능성은 언제나 상상을 초월한다.

"저기 연봉이 어떻게…?"

"그게… 3천 정도…."

"아, 네…. 그러시군요."

"하지만…."

"네?"

"하지만 저는 아무것도 사지 않는 사람입니다. 물욕이 없어서 갖고 싶은 것도 필요한 것도 없습니다. 그래서 쓰레기를 만들지 않는 최고의 신랑감입니다. 아… 아시죠? 최근 쓰레기 1L 버리는데 250만 원까지 오른 거."

"그러게요. 지난달에는 쓰레기 버리는 데만 300만 원이 들었다니까요."

"이제 1L당 300만 원도 멀지 않은 분위기예요. 그러니 저랑 만나서, 제 몫까지 마음껏 버리세요. 전 아무것도 버리지 않는 사람이에요."

"매력 터지시네요."

사실 이건 개인의 노력으로 해결될 일이 아니긴 하다. 2021년도 전국 폐기물 발생 현황 통계를 보면 사업장배출

시설계 폐기물 43%, 건설폐기물 42.5%, 생활폐기물 8.5%, 사업장지정폐기물 3%, 사업장비배출시설계 폐기물 3% 순으로 나타난다. 다시 말해 개개인의 인간이 만들어내는 폐기물의 양은 전체 폐기물의 10%가 안 된다는 얘기다. 나머지 90%가 넘는 물량은 기업들의 책임인데, 우리가 재활용품을 죽어라 분류하는 것보다 기업에 폐기물을 줄이도록 압력을 가하는 일이 훨씬 더 합리적이고 효율적이라는 걸 알 수 있다. 사실 그마저도 인간이 필요로 하는 물건들을 만들기 위해 생산되는 쓰레기들이니, 멈춰질 리 만무하지만.

쓰레기 처리장의 하늘 위로 솟은 굴뚝을 보며 바벨탑이 떠올랐다. 하늘을 향한 거대한 건축물, 바벨탑과 쓰레기 처리장. 둘의 목적성은 다르지만 결국 인간의 이기적인 욕심을 보여주는 건물이라는 공통점이 있다. 테드 창의 소설 〈바빌론의 탑〉을 보면 우리가 알던 바벨탑 스토리를 변주한 독특한 이야기를 볼 수 있다. 인간의 욕심으로 '감히' 천장에 다다른 인간은 기어이 천장 너머의 세상에 오르는데, 그곳은 다름 아닌 바벨탑의 시작점인 지상이었다. 주인공 힐라룸은 뜻밖의 상황에 허무함과 경외로움을 동시에 느끼고, 나 역시 머리를 한 대 맞은 것 같은 신선한 충격을 받았다. 그래서 신은 하늘로 오르려는 건방진 인간을 그냥 내버려둔 것이구나. 신을 만나겠다고 탑을 쌓는 같잖은 인간의 모습을 보며 과연 어떤 생각을 했을까?

"역시 어리석음이 타의 추종을 불허하는 종이란 말이야. 이젠 정말 귀엽기까지 해!"

모든 생물을 파괴하고 심지어는 자신의 삶의 터전까지 망가트리고 있는 지금의 인간들을 신이 그냥 내버려두는 것은 어쩌면 벌을 줄 필요조차 없기 때문일지도 모른다. 어차피 자멸할 것을 잘 알기에 귀찮게 직접 나설 필요가 없는 거다. 그런 신의 마음을 아는지 모르는지, 굴뚝에선 하얀 연기가 폴폴 나오고 있다.

"신이 있으시다면, 저희 아이들만이라도 살려주세요. 저는 바벨탑에 오를 생각이 눈곱만큼도 없습니다."

분노

이게 다 너희들 때문이구나!

온라인 쇼핑몰

대기업의 달콤한 낚시질

온라인 쇼핑몰은 알고 보면 무척이나 위험한 곳이다. 섣불리 발을 들였다가는 나도 모르는 사이 정신없이 빠져들고, 간신히 정신이 들었을 때는 이미 구매는 물론 포인트까지 적립된 후다. 마치 용암 위에 띄워진 바위를 성큼 밟고 건너편으로 넘어가려 했지만 발을 헛디뎌 속절없이 빠지고 마는 모습과 같다. 비유가 다소 극단적이지만 무섭게 줄어드는 통장 잔액을 보면 비슷한 공포를 느낄 수 있다.

곳곳에 포진된 배너와 팝업, 시도 때도 없이 쏟아지는 메일과 문자, 카톡 등등. 이런 기세라면 집까지 찾아올지도 모른다는 집요함을 느끼며 조심스레 쇼핑몰을 둘러본다. 그때 까맣게 잊고 있던, 한때 좋아했던 작가의 신작 발표 팝업이 눈앞에 펼쳐진다. 팝업이 아니었으면 모른 채

넘어갔을 소식이다. 적들의 전략을 뻔히 알면서도 영락없이 걸려들 수밖에 없다. 당장은 읽을 시간이 없다고 스스로를 달래보지만, 다시 한번 나를 자극하는 문자가 날아와 결심을 무너트린다. '작가의 정수를 담은 야심작'. 심지어 책 속 문장이 새겨진 머그컵을 경품으로 준다고? 사냥감을 잡기 위한 덫이 사방에 널려 있는 것 같은 기분이 들어 애써 외면하려 하지만 이런, 이번에는 '라이브 특가'다. 한 번도 필요하다고 생각하지 않았던 독서등이 아름다운 자태를 뽐내고 있다.

"이 독서등으로 말할 것 같으면 전기를 넣고 스위치를 누르면 등이 켜집니다. 그리고 한 번 더 누르면 꺼지기까지 합니다."

"대단한 기능이군요."

"심지어 책을 아늑하게 볼 수 있도록 노란색 불도 들어오죠."

"정말 놀라운 기술력이 돋보이는데요."

"그뿐인가요. 이 독서등 아래에서 책을 읽으면 3배 정도 빠르게 독서가 가능하다는 국내 최고 연구기관의 연구 결과가 나올 예정이라는 소문을 제 친구의 어머니가 하셨다는 얘기를 저희 어머니께 들었습니다. 고민하지 말고 당장 주문하세요. 마감 임박입니다!"

"마침 제가 책을 3배 정도 빨리 읽어야 할 필요가 있었는데, 딱 좋습니다. 사겠습니다!"

온라인 쇼핑몰이 나의 은밀한 소비 행위에 관여하는 방법은 이뿐만이 아니다. 한 권만 살 때는 매정하게 배송료를 부여하지만 또 한 권을 추가하면 갑자기 태세를 돌변하며 언제 그랬냐는 듯 무료배송을 해준다. 그럼 생각지도 않았던 책을 한 권 더 구매하기 위해 억지로 '필요'를 짜내 새 책을 고르고 만다. 그렇게 구매한 책은 역시나 영영 펼쳐지지 않은 채 책장의 장식품이 될 뿐이다.

3천 원을 아끼려고 1만 2천 원을 쓰는 거지만 우리는 무료배송의 유혹에서 벗어나지 못한다. 그 이유를 곰곰이 생각해보면 나에게 너무 관대해서다. 나는 언젠가 저 책을 읽을 것이라는 지나친 낙관 말이다. 책보다는 넷플릭스와 플레이스테이션과 함께하는 시간이 더 길 것이 분명하지만 자기 객관화가 안 되었기 때문에 이런 일들이 벌어진다.

나약한 우리들이 온갖 덫에 빠져드는 건 사실 작고 여린 소비자의 잘못이라기보단 영악하고 사악한 온라인 기업들의 잘못이다. 다른 사람들은 어떻게 생각할지 모르겠지만 적어도 나는 내 맘대로 그렇게 말해본다. 바람 앞의 갈대 같은 팔랑귀 인간에게 대기업의 이런 달콤한 유혹은 너무 가혹하다.

온라인 쇼핑몰이 활성화되기 전에는 사실 누군가 소비에 간섭하는 일이 많지 않았다. 대형마트에서 물건을 구매할 때 우리의 소비에 영향력을 행사하는 것은 시식 코너 직원들이 전부였다. 그들이 맛있는 음식 냄새를 풍기며 우리의 소비를 부추기면, 그 작은 자극에도 우리는 여지없이 무너지며 만두와 삼겹살을 집어 들지 않았던가. 이토록 나약한 인간에게 온라인 쇼핑몰은 입장부터 퇴장까지 매 순간이 시식 코너 직원들과의 동행이나 다름없다. 여기에 간편한 결제를 위한 최첨단의 기술이 집약되어, 이제는 손가락 지문만 살짝궁 인식하면 덥석 구매가 이루어지는 세상이다.

사실, 작은 휴대폰으로 접속한 쇼핑몰은 손에 쥔 물리적 크기 때문에 그 이면의 거대한 세상을 실감하기가 쉽지 않다. 휴대폰은 바다 아래로 던져놓은 낚싯줄과 같아 그 뒤에 헤아릴 수 없을 만큼 넓은 바다와 생물들이 숨어 있다는 것을 우리는 인지하지 못한다. 한 가지 차이가 있다면 낚시는 돈이 들지 않는 대신 인고의 시간을 견뎌야 하지만, 온라인 쇼핑몰은 긴 기다림의 시간을 돈으로 없앨 수 있다는 거다. 구매의 손쉬움이 우리의 소비를 부추기고 있다.

먼 옛날의 사람들에게 휴대폰은 도깨비방망이처럼 보일지도 모르겠다. 멀리 있는 누군가와 대화할 수 있을 뿐 아니라 몇 번의 조작만으로 원하는 물건이 튀어나오니 말이다. 물론 도깨비방망이의 신속함을 쫓아가지는 못하지만 아쉬운 대로 하룻밤만 참으면 어김없이 집 앞에 선물이 도착한다. 금은보화, 쌀 따위가 대문 앞에 넘치듯 쌓인 전래동화 속 그림처럼 말이다. '옛사람'이 도대체 휴대폰 안에 얼마나 많은 물건이 들어 있는 것이냐며 놀란 목소리로 묻는다면 '세상'이 들어 있다는 과장된 것 같은 '사실'을 말해줘야 한다. 물론 돈이 없다면 휴대폰도 아무짝에 쓸모없는 작은 플라스틱 조각에 불과하겠지만, 순박한 옛사람의 환상을 깨고 싶진 않다.

"저도 도깨비방망이 좀 휘둘러봐도 되겠습니까?"

"선생님. 그동안 착하게 사셨는지 모르겠습니다. 도깨비 할아버지는 우는 어른에게 도깨비방망이를 안 주시거든요. 잠잘 때나 일어날 때, 짜증이 날 때 장난칠 때도 도깨비 할아버지는 다 보고 계세요. 착하게 사신 거 맞죠?"

"아이고 도깨비 선상님은 참말로 용한 분이시구만유. 쪼까 모자란 거 같으니까 착한 일 좀 하고 와야 쓰겄네유."

하지만 달콤함에는 언제나 대가가 따르듯, 도깨비방망이도 편리함만큼의 비용이 따라온다. 돈은 물론 전기, 기름 등의 수많은 에너지가 소모되고 무엇보다 우리 인류에게 남은 잔여 시간도 사용해야 한다. 마치 속도감을 즐기는 드라이버가 쾌감을 조금이라도 더 느끼기 위해 낭떠러지를 향해 달리는 것 같은 상황이다.

우리는 온라인 너머에도 세상이 있고 그 세상에 쓰레기가 쌓여가고 있다는 현실을 간과해서는 안 된다. 그런 자각이 달궈지는 지구를 식힐 일말의 가능성이 될 수도 있을 테니 말이다.

하지만 이런 소비친화적 세상에서 올바르고 합리적인 구매를 하는 것은 누구에게도 쉬운 일이 아니다. 당장이라도 학교에 소비에 대한 교육을 정규 수업으로 만들어야 한다는 생각이 들 정도다. 하지만 요즘 같은 분위기라면 학생들에게 그런 교육을 할 시간조차 주어지지 않을 것 같다. 머지않아 그들에게 모든 것이 무너진 세상을 물려주며 나 몰라라 하게 될 가능성이 크지만, 부디 나의 예감이 틀리길 기대한다. 후손들에게 원망 섞인 한탄을 듣지 않길 바랄 뿐이다.

"미… 미안…."

"기어이 해냈군요. 멸망을."

택배 박스

(광고) 돈 안 쓰는 방법!

한 사람이 인터넷에서 물건을 구매하기까지의 과정을 최대한 쉽고 간단하게 만들기 위해, 세상 똑똑한 사람들이 모여 연구에 연구를 거듭하고 있다. 그러니 별생각 없이 인터넷을 돌아다니다가는 보기 좋게 그들의 꼬임에 걸려 물건을 구매하게 된다. 필요했던 것은 물론 필요하다고 단 한 번도 생각해본 적 없는 것들까지도. 나 역시 비슷한 꼬임에 빠져 며칠 전 아무 문제없이 사용해오던 TV에 외부 스피커를 달고 말았다.

어느 날 우연히 관련 검색어에 TV 스피커가 떴고 그렇게 눌러본 링크에는 갖가지 기능을 보유한 최첨단 스피커들이 전시되어 있었다. 광고 문구에는 일단 외부 스피커를 사용해보면 기존의 TV 스피커로 절대 돌아갈 수 없다고 적혀 있었고, 더욱 선명한 소리와 입체적인(?) 음향 효과를 즐길 수 있다고 강조했다. 마치 극장에서처럼 웅장하고 그럴듯한 소리를 들려준다는 것이었다.

그렇게 한참을 관심도 없던 TV 스피커를 살피다 집에 있는 TV를 다시 보니 웬걸, 갑자기 TV 음향이 잘 안 들리는 것 같다. 뭔가 웅얼웅얼거리는 것 같고 무엇보다 '입체적'이지 않았다. 지금까지 나의 무지로 인해 사방에서 소리가 들려오는 입체적인 음향의 혜택을 누리지 못하고 있었단 말인가! 갑자기 없던 조바심이 생겼다. 그래, 나만 빼고 다른 사람들은 다 입체적인 즐거움을 누리고 있었단 말이지.

자연스레 인터넷 검색으로 넘어갔고 몇만 원대의 스피커를 시작으로 수백만 원짜리 스피커를 살펴보는 지경에 이르렀다. 결국 지금 우리 집 거실에는 100만 원이 넘는 TV 스피커가 멋들어지게 자리 잡아 고대하던 입체적인 사운드를 들려주는데, 사실 잘 모르겠다. 입체적인 건지 아닌지. 귀를 기울여 자세히 들어봐도 여전히 잘 모르겠지만 그냥 입체적이라고 믿고 싶다. 아쉬운 점이라면 성능 좋은 스피커를 사두고도 자칫 옆집에 피해를 줄까 걱정돼 볼륨을 높이지도 못한다는 거다. 하지만 그래도 입체적이긴 하다. 그거면 된 거다.

이런 구매가 계속 이어져 우리 집 앞에는 거의 늘 택배 박스들이 놓여 있다. 나와 아내가 힘을 합쳐 소비를 반복하다 보면 가끔은 뭘 샀었는지조차 잊어버리고, 뜯지도 않은 박스가 신발장 근처를 아무렇게나 돌아다니는 지경까지 이른다. 당장 필요하지도 않은 물건을 덥석 구매한 건 역시 똑똑한 인간들이 밥 먹고 물건 팔 궁리만 하고 있어서다. 나처럼 선량한 소비자는 마치 야생의 초식동물처럼 이리저리 호랑이 쿠팡과 사자 네이버쇼핑을 피해 도망다닐 수밖에 없다.

"클릭하세요. 저를 클릭하세요."

"왜 갑자기 들어가는 모든 채널에서 팔찌 광고 배너가 노출되는 거지?"

"부인이 며칠 동안 팔찌를 검색했거든요. 관련 상품들을 소개해드리고 있어요."

"이건 아내가 짜낸 고도의 전략인가? 난 전혀 생각하지 않던 일인데."

"고민하지 마시고 일단 제 배너를 눌러보세요. 눌러본다고 꼭 사야 하는 건 아니잖아요."

"그렇긴 한데 알고 안 사는 것과 모르고 안 사는 건 다르니까 그냥 안 볼래. 못 본 걸로 하자. 너도 다른 소리하지 말고."

"왜 이래요. 저도 먹고살아야죠. 남편분이 한참 동안 팔찌를 살펴보셨다고, 곧 좋은 일이 생길 거라고 전할게요. 그것도 아주 비싼 것들만 살펴봤다고요."

"왜 이렇게 극단적이니. 내 말 아직 안 끝났잖아. 안 사려고 했지만 다시 마음을 바꿨다, 까지 들어봐야지. 얘가 디지털 감성이라 그런지 성질이 엄청 급하네. 거 좀 저렴한 것들로 골라줘 봐."

"결제가 완료되었습니다."

"뭐… 뭐야!"

"클릭과 동시에 부인에게 알림이 갔고, 상품은 부인의 장바구니에 있는 물건 중에 가장 비싼 것으로 자동 결제됐습니다. 시간을 절약하셔야죠. 부인이 무척 기쁘셨는지 선물 문자에 즉각 하트를 누르시더라고요. 제가 대신 '뭘 이런 걸 가지고. 또 갖고 싶은 거 있음 말해'라는 답장까지 바로 보냈습니다. 그럼 구매 감사하고 전 이만 바빠서."

"이런 개…."

비단 나만 이렇게 사는 건 아닌 것 같다. 미디어 속 커다란 물류 센터들에서 처리하는 어마어마하게 많은 박스의 양을 보면 말이다. 과장이 아니라 정말 산처럼 쌓인 박스들이 어딘가 있을 주인을 향해 쉴 새 없이 이동하고 있다. 실제로 고속도로를 달리다 보면 한참을 가야 그 끝에 있는 물류 센터를 보게 되는데, 그렇게 큰 건물에 물건을 담은 박스가 가득 차 있다니 정말 믿기 힘든 사실이다. 그러니 물류 회사도 택배 기사들도 쉴 틈이 없다. 구멍 난 배 안으로 들이치는 물처럼 아무리 퍼내도 박스는 금방 다시 트럭을 채우고 만다.

'살아가는' 건 어려운 세상이지만 '사는' 것이라도 쉬워서 다행이라고 해야 할지. 사는 것이 살아가는 것을 쉽게 하는 방법 중 하나라면 어쩔 수 없는 일이긴 하다. 다만 '끝없이 사는' 것이 곧 살아가는 것마저 힘든 세상을 만들어낼 것 같아 무섭긴 하다.

어쨌든 우리는 지금, 모든 인류 역사를 통틀어 무언가를 사는 것이 가장 쉬운 세상을 사는 것만은 분명하다. 유례없이 빨리 망가져가는 환경을 보면 알 수 있다.

오래전 다니던 회사의 팀장님이 하셨던 말이 떠오른다. 돈을 벌려면 돈을 안 쓰는 방법을 터득해야 한다고. 이게 무슨 살기 위해 밥을 먹어야 한다는 말처럼 당연한 소리냔 말이다. 하지만 나이를 먹고 보니 이제는 자연스레 이해가 된다. 돈을 쓰지 않는다는 건 단순히 절약해야 한다

는 뜻이 아니었다. 돈을 써야 할 일은 끊임없이 벌어지고 더구나 가정을 꾸리며 살다 보면 의지와는 상관없는 소비가 생겨나는데, 이때 돈을 영리하게 사용하는 나름의 방법과 철학을 만들어야 한다는 것이다. 그럼 현명하게 돈을 쓸 수 있고 안 쓴 돈을 모아 부자가 될 수 있다. 물론 나는 그 방법을 여전히 모른다. 알면 좋겠지만 누가 알려주질 않으니 혼자 깨우치는 수밖에 없다. 가끔 그런 내용을 정리했다고 주장하는 책들을 들춰보지만 그게 어디 생각처럼 쉽겠냔 말이다. 그러니 여전히 택배 박스가 집 앞에 놓여 있다.

불행 중 다행이라면 박스는 그나마 썩을 수 있는 재질이고 재활용이 되기도 한다는 것이다. 멀쩡한 나무를 잘라 환경을 파괴해야 하는 필수 불가결한 과정은 잊기로 하자. 그것까지 따지고 들면 살아가는 게 얼마나 힘들겠는가. 살기 위해 사겠다는데, 거 좀 따지지 말고 대충 살자.

물론 다들 그러고 있긴 하다.

자전거

누구나 계획이 있다,
구매 버튼을 누를 때까지는

보통 자전거를 사기 전에는 나름 여러 계획을 갖고 있다. 회사까지 자전거로 출퇴근하고, 집 근처 자전거도로를 타고 멀리 떠나기도 하고, 때로는 뒤에 아이들을 태운 채 동네를 도는 여유로운 생활을 할 거라는 계획들. 더구나 자전거는 전신의 근육을 자극해 어떤 운동보다도 효과가 좋다고 하니 당장이라도 사야 할 것 같다.

이제 어떤 자전거를 살지 고민하기 시작한다. 디자인부터 시작해 기능과 무게, 브랜드, 가격까지. 고민해야 할 것이 한둘이 아니다. 인터넷 이곳저곳을 돌아다니며 수백수천의 자전거를 보고 또 보고 고심한 끝에 겨우 하나를 선택한다.

며칠 뒤 집으로 온 자전거를 타고 시험 삼아 동네 한 바퀴 돌고 나면, 역시 좋다. 바람을 가르며 달리는 상쾌한 기분. 오로지 나의 힘으로, 인간이 낼 수 있는 속도를 넘어서 달리는 그 짜릿함. 자전거의 매력에 흠뻑 빠진다. 그런데 이상하다. 마냥 즐겁고 신날 것만 같은데 이게 은근 힘이 든다. 조금만 오래 타도 허벅지 근육이 땅기고 엉덩이가 아프다. 다들 의자에 푹신한 안장을 대는 이유가 있었던 거다. 하지만 이렇게 온몸의 근육이 자극되는 걸 보니 운동 효과는 분명 있는 것 같다. 건강해지기 위해 이 정도의 노력은 당연한 거라 스스로를 설득한다.

이렇게 적고 보니 왠지 자전거와 한 걸음 멀어진 것 같은 기분이다. 단지 기분 탓이겠지. 그렇게 하루 이틀 의욕적으로 달려보지만, 역시 힘들다. 이제는 조금 더 강한 의지가 필요하다. 설득과 격려만으로는 부족하다.

오늘은 의욕적으로 회사까지 자전거를 끌고 가본다. 출근 시간에 쫓기지 않으려면 조금 더 빨리 달려야 한다. 숨이 차고 땀이 난다. 온 힘을 다해 달리다보니 자전거의 멋진 디자인과 성능을 뽐낼 겨를이 없다. 그저 늦지 않으려 죽어라 페달을 밟을 뿐이다.

"헉, 헉…"

겨우 회사에 도착해 차오르는 숨을 헐떡인다. 더럽게 힘들다. 아무래도 회사까지 자전거를 타고 오는 건 무리다.

그렇다. 이건 자전거와 멀어져가는 이야기다. 나뿐만 아니라 많은 이들이 겪었을 것이다. 지하철역 근처나 아파트 단지 내에 설치된 자전거 보관소를 보면 어디든 방치된 자전거가 가득하다. 모두 비슷한 과정을 거쳐 그런 최후의 모습을 맞이하지 않았을까? 먼지가 소복이 쌓이고 비바람을 맞아 낡아버린 자전거들은 언젠가 다시 힘차게 달릴 수 있기를 기대하고 있겠지만, 결국 한데 모여 고철로 팔려나가는 것이 그들에게 닥칠 현실이다.

문제는 인간은 망각의 동물인지라 방치된 자전거를 두고 또 새로운 자전거를 사고 만다는 것이다. 이번에는 기필코 이전과는 다를 것이라 생각하며, 자전거도로 위를 멋지게 질주할 거라 다짐하며 다시 구매 버튼을 누른다. 하지만 아마 이번에도 크게 다르지 않을 것이다. 이건 마치 매년 새해를 맞아 헬스장으로 달려가는 모습과 비슷하다. 뜨겁게 불타던 의욕은 서서히 사그라들고, '오늘은 가야 할 텐데'라는 마음의 짐만 안은 채 하루빨리 등록 기간이 끝나 죄책감에서 벗어나길 기다리는 모습 말이다.

이 세상에는 나를 유혹하는 편한 것들이 너무 많다. 차, 버스, 지하철, 택시…. 중요한 누군가를 땀에 젖은 채 만날 수는 없다. 더구나 요즘 과중한 업무와 육아로 한없이 피로하다. 이 치열한 상황에서 에너지를 더 소모하는 것은 나의 소중한 젊음을 소비하는, 아니 이제는 늙어감을 가속하는 것밖에 되지 않는다. 하지만 그렇다고 자전거를 마냥 세워둘 수는 없다. 비싼 돈을 들여 그렇게나 의욕적으로 구매했는데 정작 제대로 탄 건 스무 시간도 안 되는 것 같다. 이럴 거면 그냥 빌리는 게 낫지 않았을까?

"자전거 안 타?"

"많이 탔어."

"내가 몇 번 안 타니까 사지 말라고 했지! 내 저럴 줄 알았어. 열 시간도 안 탔을걸."

"탔어. 충분히."

"내가 다 세어봤는데. 다섯 시간도 안 탔어."

"왜 이래. 오늘 다섯 시간 탈 거야. 열 시간은 충분히 채워."

"자랑하는 거야? 오십 시간 채울 때까지 들어올 생각하지 마."

"자랑한 거 아니야!"

"잘 가."

"자랑한 거 아니라고!!!"

며칠 전 현관에 세워둔 자전거를 처분했다. 비좁은 현관 한 자리를 차지하고 있던 녀석은 늘 마음의 짐이었다. 사실 몇 번 타지도 못했다. 여러 이유가 있었지만 결국 귀찮아서다. 그렇게 하루 이틀 방치되던 자전거는 사람의 손을 타지 않아서인지 금방 망가졌다. 체인에는 기름에 낀 먼지가 뭉쳐 있고, 바퀴 안의 타이어는 오랫동안 바닥에 짓눌려 닳아버렸는지 다시 바람을 넣어도 금세 시들해졌다. 사실 그냥 팔아버릴까 생각한 적도 몇 번 있지만, 막상 팔려고 다시 이리저리 살피면 왠지 아깝고, 또 '언젠가'는 타지 않겠냐는 미련에 다시 세워뒀었다. 하지만 미련은 결국 미련이었다.

비단 자전거뿐이겠는가. 갖고 싶다는 욕망이 만들어낸 과대한 환상과 조바심이 우리를 충동구매로 이끈다. 애초부터 필요 없는 물건을 사지 않는 인내와 혜안이 있다면 좋았겠지만 그런 건 인간이 가질 수 없는 신의 영역이니 앞으로도 기대하지 않는 것이 좋다.

그럼에도 우리는 지혜롭게 살아야 하는 의무를 갖고 있다. 그래서 나는 종종, 느닷없는 유혹을 견디기 위해 이런 방법을 사용한다. 구매한 물건을 집으로 가져와 무심하게 바라보는 내 모습을 상상하는 거다. 어느새 싫증이 나버린 표정으로, 늘 있던 물건을 대하듯 바라보는 것이 가능하다면 그건 필요 없는 물건이니 구매를 멈춰야 한다. 하지만 아무래도 입꼬리가 올라가고 심장박동이 빨라지며 쉽게 싫증 날 것 같지 않다면 그건 사도 좋다. 이건 진심이니까! 하지만 내가 그런 일련의 과정을 거쳐 산 것이 자전거다. 욕망 앞에 이성은 아무런 힘이 없다.

아무래도 다시 한번 신을 원망할 수밖에 없겠다. 애초에 인간을 왜 이렇게 부족하게 만든 거냐고.

우산

비가 내리고 우산은 늘어나고

온종일 비가 내린다면 우산을 잃어버릴 일도 없을 것이다. 하지만 온종일 비가 오는 날은 드물고, 아침에 들고 나온 우산을 깜박 잊은 채 다시 길을 나서게 되는 경우가 많다. 그렇게 사무실이나 학교 혹은 잠깐 들렀던 가게에 우산을 놓고 오면 '깜박 잊은 우산'은 '잃어버린 우산' 신세가 되어 방치된다. 주인 잃은 우산은 외로움 때문인지 금세 낡아버려 몇 번 쓰이지도 못하고 버려진다. 우리는 이런 행동을 반복하며 우산을 사고 또 산다.

다행히 난 손에 뭔가를 들고 다니는 걸 별로 좋아하지 않아 온몸이 흠뻑 젖을 정도로 비가 오는 게 아니면 우산을 챙기지 않는다. 조금 젖는 것 정도는 괜찮다고 생각하며 길을 나서는데, 사실 비를 맞는 게 좋기도 하다. 차가운

비에 정신이 번쩍 드는 것도 좋고 또 시원하기도 하고. 옷이야 빨면 되고 머리야 감으면 그만이다.

물론 가끔 우산을 쓰지 않으면 미친놈 소리를 들을 것 같이 비가 내리는 폭우에는 마지못해 들고 나가기도 하는데 그러면 역시나 그날로 우산과 이별하는 경우가 많다. 그렇게 두 번 다시 만나지 못한 우산은 급하게 우산이 필요했던 다른 누군가의 것이 되었을 수도 있고, 쓰레기통으로 들어갔을 수도, 혹은 우산꽂이에 꽂아둔 우산 중 자신의 것보다 더 좋아 보이는 우산을 모르는 척 훔쳐간 누군가와 함께 있을 수도 있겠다. 이런 실수와 무심함이 우산을 만드는 회사 입장에서는 참 다행일 것이다. 하지만 세상의 모든 물건과 마찬가지로 쉽게 사라지지 않을 우산은 그렇게 지구 위에 또 쌓여간다.

"산신령님, 바쁜 일 없으시면 저 좀 도와주셔야 할 것 같은데요."

"뭐 마침 한가하긴 한데, 무슨 일이냐?"

"제가 새로 산 우산을 여기 호수에 빠트렸는데 좀 찾아주실래요?"

"맡겨둔 사람처럼 말하는구나. 어쨌든 기세가 좋으니 일단 찾아봐주마."

"비가 막 올 것 같은데… 서둘러야 하니 분발 좀 부탁해요."

"거참, 보기 드물게 건방진 녀석이구나. 이 '헌우산'이 네 것이냐?"

"아니요. 설마요. 사람을 뭘로 보고. 제 스타일을 좀 보세요. 눈치가 왜 그렇게 없으세요?"

"그… 그렇군. 그럼 이 '은우산'이 네 것이냐?"

"음… 은우산은 내 것 같기도 하고 아닌 것 같기도 한데… 일단 좀 더 찾아보실래요? 제가 다른 것도 좀 봐야 할 것 같아요."

"설마 이 '금우산'이 네 것이라고 우기는 게냐?"

"산신령님 이제야 좀 말이 통하시네. 그거예요. 진작에 그것부터 가져왔으면 두 번 일 안 하잖아요. 역시 사람이든 신령이든 머리가 좋고 봐야 한다니까."

"넌 제정신이 들 때까지 이 금우산으로 좀 맞아야겠구나. 어여 이리 와보거라."

잃어버린 우산 혹은 잊힌 우산은 이리저리 굴러다니다 언젠가는 버려질 것이다. 우산의 천은 낡고 더러워지겠지만, 플라스틱 재질로 만들어진 탓에 썩지는 않을 것이다. 혹은 부지런한 누군가에 의해 살과 비닐이 꼼꼼히 분리되어 각각 새로운 제품의 자제가 될지도 모르겠다. 하지만 그런 수고를 할 사람은 많지 않다. 더구나 손잡이는 또 플라스틱으로 되어 있어 이걸 따로 분리해서 재활용하는 힘과 정성을 쏟을 바에는 그냥 버리는 게 낫다.

새삼 지구가 어마어마하게 커다랗다는 것이 다행이다. 지금껏 인간이 만들어낸 모든 물건은 대부분 땅속으로 들어갔고 지금 만들고 있는 모든 것들도 언젠가는 땅속으로 향할 테니까. 5,000년 뒤의 인류가 땅을 파다 내가 쓰던 우산을 발견하는 상상을 해본다.

그들은 형체를 알아보기 힘들 정도로 낡고 녹슨 우산을 보며 과거에는 이런 조악한 물건으로 비를 피했다는 사실에 신기해할 것이다. 그리고 이런 물건을 들고 비를 피했을 미개한 인간은 어떤 모습이었을지 분석하며 과거의 생활상을 그려보지 않을까? 직접 전해줄 수는 없겠지만, 과거의 지금은 자연이 만들어낸 푸르름이 절정에 이른 여름이고 내리는 비에 세상이 흠뻑 젖어 있다고 말해주고 싶다. 한때는 이런 모습도 있었다고 말이다.

이런 아름다운 자연이 그토록 먼 미래에도 존재할지 모르겠다. 행여나 여전히 존재한다면 다행, 또 다행이다.

우산 몇억 개 정도 쌓인다고 지구가 멸망하지는 않을 테니 걱정은 접어둔다 쳐도 대체 인간은 왜 이런 귀찮은 물건을 만들어낸 것일까? (귀찮다는 건 전적으로 내 기준이다.) 추측하면, 아마 인간이 우산을 쓰기 시작한 이유는 옷을 위해서일 것이다. 옷을 입기 전에는 다른 동물과 다를 바 없이 내리는 비를 그냥 맞았을 테고 그게 싫으면 나무나 바위 아래로 피했을 거다. 하지만 옷을 걸치기 시작하면서 축축한 옷을 걸치고 있기가 싫어졌고 값비싼 옷이 젖는 것을 막을 무언가가 필요해졌을 것이다. 조금의 불편함도 참을 수 없는 인간은 즉시 우산을 만들어냈고, 어떤 물건이든 예쁘게 꾸미지 않고는 못 견디는 특성 탓에 갖가지 모양의 우산을 만들었다. 이쯤 되면 편리하고자 하는 욕망과 아름다워지고자 하는 욕망이 모든 물건의 시작이었을 거라고 의심하게 된다.

오래전 대나무로 만든 우산이 흔하던 시절이 있었다. 비 오는 날 버스정류장이나 지하철 입구에서 팔던 일회용 우산이었는데, 파란색 비닐 덮개를 쓴 그 우산은 손잡이와 틀이 전부 대나무로 만들어져 있었다. 조악하기는 했지만 급히 비를 피하려는 사람들에게는 적당한 가격이었다. 당시에는 어른들의 장난감 같다고 생각했는데 지금 돌아보면 그만한 친환경 우산도 없다. 비닐이야 재활용이 쉬운 편이고, 나무는 쉽게 썩으니 말이다. 지금까지 내가 잃어버린 우산들은 어느 하나 사라지지 않고 지구 어딘가

에 존재하고 있겠지만 어린 시절 보았던 대나무 우산은 썩고 있거나 이미 썩어 사라졌을 것이다.

내가 다시 대나무 우산을 만들 수는 없으니 그냥 지금 가진 우산이나 잘 사용할 생각이다. 사라지게 할 자신도 없는 우산을 더 사고 싶진 않으니 말이다.

우산을 쉽게 잃어버리는 사람들에게 대체 물건을 왜 잃어버리냐고, 왜 쓰레기를 만들어내는 거냐고 지구를 대신해 혼쭐을 내고 싶지만 사실 그들도 잃어버리고 싶어서 잃어버린 것은 아닐 거다.

아내가 나에게 종종 하는 말이 있다. 왜 자신의 말에 집중을 안 하고 매일 처음 듣는 말인 것처럼 구냐고. 자신을 존중하지 않는 거냐고 화를 내는데, 그럴 때면 머리 나쁜 게 죄냐고 되묻는다. 머리가 나빠 기억 못하는 걸 어떡하냐고. 이건 키가 작은 사람에게 왜 작냐고 탓하는 것과 다를 바 없다고 하소연한다. 나도 내 아이큐가 답답할 때가 적지 않단 말이다.

다들 마찬가지다. 깜박하는 건 기억력 혹은 집중력이 좋지 않아서일 뿐이다. 우산뿐이겠는가. 지갑, 휴대폰, 반지와 같은 귀금속도 잃어버리는 동물이 인간이다. 본능적으로 쓰레기를 만들어낼 수밖에 없는 슬픈 동물이란 말이다. 그러니 지구도 인간의 실수를 이해하고 용서해줘야 하지 않나 생각한다. 어쨌든 여러모로 미안한 일이긴 하다. 지구에게.

"지구! 왜 갑자기 홍수에 폭풍에 화산 폭발이냔 말이야! 대체 요즘 왜 이래?"
"아, 미안. 갑자기 재채기가 나오고 땀이 쏟아지고 방귀가 나와서. 이건 나도 어쩔 수가 없어. 지구의 자연스러운 생리현상인데 그렇게 뭐라고 하는 건, 마치 키가 작은 사람한테 왜 키가 작냐고 하는 것과 같아. 그러니까 이해… 좀… 에이취!!"
"이런, 태풍이잖아!"

쓰레기통

작고 허름한 쓰레기들의 여관

영화 속에 종종 등장하는 흔한 클리셰가 있다. 밀폐된 공간 속에 갇힌 사람들. 그런데 갑자기 벽과 천장이 천천히 밀려오며 공간이 작아진다. 당장 탈출하지 못하면 꼼짝없이 짓눌려 죽게 된다. 사람들은 탈출을 시도하며 처절하게 몸부림치지만 벽은 아랑곳하지 않고 일정한 속도로 밀려 들어온다. 결국 그 안의 사람들은 납작해져서 죽고 갈라진 틈 사이로 피가 흘러나와 화면은 붉은색으로 가득 찬다.

종종 쓰레기통을 보며 이런 말도 안 되는 상상을 한다. 나도 모르는 사이 가득 차버리는 쓰레기통이 마치 줄어드는 벽과 비슷하다고 생각한다. 몇 개 버리지도 않았는데 2~3일이면 어느새 터질 듯한 상태가 되어버리는 쓰레기통. 그 안의 쓰레기들이 짓눌린 채 이제 그만 꺼내달라고 아우성치는 것 같다.

그렇게 쓰레기통에 잠시 머물다 종량제봉투로 옮겨 담긴 쓰레기들은 우리와의 짧은 만남을 뒤로한 채 돌아올 수 없는 여행을 떠난다. 더러워진 낡은 쓰레기통을 보며, 마치 쓰레기들이 잠시 쉬다 가는 작고 허름한 여관 같다고 생각한다.

"저 오늘 잠시 머물다 갈 수 있을까요?"

"그럼요. 얼마든지 쉬다 가세요."

"그럼 잠시 신세 좀 지겠습니다."

"선생님은 멀쩡해 보이시는데요? 좀 세련된 것 같기도 하고요. 왜 버려지셨나요?"

"아, 전 다 쓴 커피 캡슐입니다. 제가 좀 모던한 스타일이죠."

"그러게요. 그냥 버려지기에는 아까운 패션이세요. 그런데 캡슐님은 어디로 가시나요?"

"글쎄요. 저도 어디로 갈지 잘 모르겠어요. 잘 가야 매립지고, 못 가면 소각장이겠죠. 어디든 반가운 곳은 아니네요."

"매번 이렇게 떠나보내는 제 마음은 오죽하겠어요. 그

저 있는 동안만이라도 편히 쉬세요."

1995년 쓰레기종량제가 시작되자 가정용 쓰레기를 무단 투기하는 일이 많아졌다. 아무렇게나 자유롭게 버리던 쓰레기를 이제는 돈을 주고 버려야 한다는 사실에 놀란 사람들이 집에 있는 쓰레기를 바깥으로 들고 나간 것이다. 상황이 이러하니 바깥에서 생긴 쓰레기를 집에 가져가는 일은 있을 리 만무했다.

사람들은 길거리 쓰레기통을 공짜로 쓰레기를 버릴 수 있는 기회로 여겼고, 덕분에 쓰레기통은 넘쳐나는 쓰레기들로 몸살을 앓기 시작했다. 더 이상 비집고 들어가지 못한 쓰레기들이 주위로 쏟아지자 이는 곧 사회 문제가 되었다. 그러자 각 지방자치단체에서는 길거리 쓰레기통을 없애버렸다. 거리에 쓰레기통이 있으면 없던 쓰레기도 만들어낼 태세니 그 욕망을 애초에 없애버리겠다는 의도였다. 쓰레기통이 없어지면 사람들이 쓰레기를 자기 가방과 주머니에 넣어 집까지 정성스레 가져갈 것이란 순진한 발상이었다. 즉, 인간을 과소평가한 게 문제의 원인이었다.

쓰레기통이 줄어들자 사람들은 교묘해졌다. 버스정류장 근처나 공중전화 부스, 최근에는 거리에 세워둔 공유 자전거 바구니까지 뭔가를 올려놓을 수 있는 공간만 있으

면 마치 신발 끈을 묶는 동안 잠깐 올려둔 것처럼 슬며시 두고 가버리기 시작한 거다.

대체 누가 그런 몰상식한 짓을 하는 것인지 화가 나 주위를 돌아보면 저마다 순진한 얼굴로 알 수 없는 누군가를 욕하기 바쁘다. 버렸다는 사람은 아무도 없다. 놀라운 일이다. 아무도 버리지 않았는데 귀신처럼 쓰레기가 놓여 있다니! 사람을 괴롭히기도 바쁜 귀신이 스타벅스나 커피빈, 각종 브랜드 커피숍에 들어가 여유롭게 커피 한 잔을 사 들고 나와서는 버스정류장에 버렸다니 살 떨리도록 무서운 일이 아닐 수 없다.

"아니! 공중에 둥둥 떠다니는 플라스틱 컵이라니! 내가 술을 좀 마시기는 했지만, 이 정도로 취했다고?"

"…."

"어, 그런데 이 녀석이 대체 어디로 가는 거지? 어라? 버스정류장? 뭐… 뭐야! 갑자기 정류장 의자에 왜 내려앉는 건데? 그 옆으로 줄줄이 놓인 다른 플라스틱 컵들은 또 뭐야!"

"저기… 왜 자꾸 쫓아오세요. 귀신 처음 보세요? 날이 추워서 스벅 한잔 했어요. 어어, 아니 왜 갑자기 기절하고 그러세요? 선생님? 여기서 주무시면 얼어 죽어요.

저랑 커피 한잔 하시려고 죽을 필요는 없잖아요? 그건 그렇고 여긴 왜 쓰레기통이 없는지 모르겠어요. 버릴 곳이 없어서 여기 의자에 좀 올려뒀어요. 이해하시죠?"

아무래도 안 되겠다 싶었는지 서울시는 공공 쓰레기통을 매년 1,000개 이상 늘리겠다고 발표했다. 2023년 말까지 5,500개, 2024년에 6,500개, 2025년에 7,500개로 단계적으로 확충할 예정이라고 한다. 쓰레기통이 늘어났다고 늘어난 쓰레기통을 채우기 위해 더 열심히 쓰레기를 만들지는 않을 테니 덕분에 쾌적한 도시가 될 것 같아 다행이다. 다만 다시 생긴 '공짜 쓰레기통'에 열광하여 집에 있는 쓰레기를 가져다 나를 정도로 알뜰한 사람들이 나타나지 않기를 바랄 뿐이다.

사실 이건 어려운 문제도 아니다. 내가 만들어낸 쓰레기는 내가 치우면 된다. 하지만 책임감을 가지라는 당연한 말은 그저 지겨운 잔소리일 뿐이고, 사실 책임감 따위 안 가져도 그만이라는 게 문제다. 더구나 책임감이라는 '멋진' 단어는 쓰레기 따위가 아닌 나의 삶과 목표, 가족, 일과 같은 거창한 단어랑만 어울린단 말이다!

늘 그렇듯 인간은 쉬운 문제 해결을 고집스럽게도 외면

해왔다. 쓰레기를 아무 데나 버리면 안 된다는 상식을, 마시다 남은 커피를 모르는 척 쓰레기통에 넣어서는 안 된다는 양심을 편의에 따라 잊어버려 왔다는 게 문제다.

결국 인간은 책임을 지게 되었다. 의도하지는 않았지만, 지금껏 벌인 모든 악행의 책임을 몇 배로 키워 돌려받으려는 중이다. 그동안 저지른 자잘한 일들을 '인류 멸망'이라는 죗값으로 받아내겠다는 걸 보면 인간이 무책임하다는 생각은 나의 편견이었던 것 같다.

"나를 버리고 가시는 님은 십 리도 못 가서 발병이 날 것입니다."
"버리는 거 아니야. 그냥 잠깐 올려둔 거야. 오해하지 마."

하나 둘 셋, 마이크 테스트.
이건… 마지막 기록이다

아아, 하나 둘, 하나 둘 셋, 마이크 테스트.

촬영이 되고 있는지 모르겠다. 뭐 어차피 상관없지만, 버릇처럼 말해본다.

나는 지구온난화로 멸망해가는 지구를 구하기 위해 플라스틱을 먹는 괴물을 만들어냈다. 그 녀석의 이름은 뿌앙이다. 생긴 것과는 다르게 귀여운 소리를 냈는데 그 소리가 '뿌앙'이라고 들려 이렇게 앙증맞은 이름을 지었다. 처음 "뿌앙아" 하고 불렀을 때 녀석도 좋았는지 꼬리를 지그재그로 흔들며 내 결정에 호응했다.

원래 녀석은 플라스틱 쓰레기를 먹어 환경을 깨끗하게 만들 목적으로 만들어졌다. 처음에는 그 목적을 달성하기 위해 활발히 활동했지만, 이후 큰 변화를 겪게 되었다. 어쨌든 처음 의도는 순수했다는 것을 다시 한번 밝힌다.

뿌앙은 기대 이상의 성과물이었다. 플라스틱을 먹어 없애는 것으로 그치는 게 아니라 공기 중의 이산화탄소를 들이마셔 맑은 산소로 뱉어냈고, 배설물은 흙과 물이 되었다. 그야말로 친환경 생명체로서의 완전체였다.

세상은 나의 발명에 열광했다. 그해 과학자에게 주어지는 상이란 상은 모두 내 차지였고, 각국 정상들은 나를 한 번이라도 모시기 위해 애를 태웠다. 당시 지구의 상황은 심각했다. 온난화로 불어난 바다는 일본을 비롯한 몇몇 섬나라를 흔적도 없이 사라지게 했고 이상기후로 전 지구의 70%가 사막화된 상태였으니 세상의 열광은 당연했다.

나는 뿌앙과 함께 전 세계를 돌기 시작했고, 뿌앙의 플라스틱 폭식이 시작되었다. 뿌앙은 코끼리의 5배 정도 되는 크기였기 때문에 녀석이 먹어 치우는 플라스틱의 양은 대단했다. 뿌앙은 해를 거듭할수록 크기가 커졌다. 5년 정도 지났을 때는 거의 비행기만 해졌다. 물론 먹는 양과 속도도 크기에 비례했다.

뿌앙은 불과 7년 만에 세상의 모든 플라스틱 쓰레기를 없애버렸다. 그리고 성체로 변신해 크기와 무게가 2배로 늘어났다. 겉모양 역시 뿌앙이라는 귀여운 이름과는 어울리지 않게 험악해졌다. 머리는 오래전 사라진 티라노사우

루스를 연상하게 했고 몸은 철갑을 두른 것처럼 단단했다. 실제로 그 녀석의 강도는 강철을 능가했다.

이제 사람들은 뿌앙을 두려워하기 시작했다. 동시에 뿌앙의 필요성을 의심했다. 하지만 뿌앙은 여전히 배가 고팠다. 아니 오히려 더 심한 배고픔을 호소했다. 몸집이 커진 만큼 식성도 좋아졌기 때문이다. 배가 고파 성질을 부리는 녀석을 달래기 위해서는 새로운 먹이가 필요했다.

그때부터 나 역시 뿌앙이 조금씩 무서워지기 시작했다.

새로운 먹거리가 필요했던 나는 고민 끝에 지구에 필요 없는 혹은 없어져도 괜찮은 것을 찾아냈다. 바로 군사 무기였다. 무기를 누구 하나만 갖는다면 불공평하겠지만 세상 모두가 갖지 못한다면 그것만큼 평화롭고 이로운 일이 있을까 싶었다. 고민할 필요도 없는 문제였다. 즉시 뿌앙에게 새로운 먹거리를 소개했다.

무기를 먹이는 일은 쉽지 않았다. 세계 각국에서 군인들의 저항이 일어났고 불가피한 충돌도 발생했다. 하지만 뿌앙의 괴력은 상상을 초월했기에 인간의 저항은 오래가지 못했다. 뿌앙이 한 나라의 최첨단 무기들을 먹어 치울 때 경쟁국들은 남몰래 미소를 지었지만, 결국 자신들의 차례가 돌아오면 그들 역시 자신의 무기가 사라지는 모습을 지켜봐야 했다.

문제는 인간과의 충돌 중 불가피하게 군인들을 먹을 수 밖에 없었다는 거다. 처음 몇 번 군인을 먹었을 때는 크게 혼을 냈지만, 인간의 저항 때문에 어쩔 수 없는 상황들이 반복됐다. 인간을 먹기 시작한 뿌앙은 다시 한번 진화를 이뤄냈다. 몸 안의 인간이 뿌앙에게 뭔가 강렬한 변화를 이끌어낸 것이다.

어느 날 아침 긴 잠에서 깨어난 뿌앙의 등에 날개가 돋아났다. 뿌앙의 덩치에 비하면 작은 날개였지만 불과 2~3일 만에 뿌앙의 덩치만큼 커져버렸다. 뿌앙은 곧 날갯짓을 하며 하늘을 날기 시작했다. 하늘 위로 솟아오른 뿌앙은 그 거대한 크기로 해를 가렸고 주위는 온통 어둠에 휩싸였다. 그날부터 뿌앙은 본격적으로 사람들을 먹어 치우기 시작했다. 눈에 보이는 인간은 물론 깊은 땅속 꼭꼭 숨은 인간들까지 모조리 찾아내 맛있게도 먹어댔다.

인간이 점차 사라지면서 요란하던 지구는 비로소 조용해졌다. 지구는 태초로 돌아간 듯 푸르른 자연의 풍요가 넘쳐났다.

그러던 어느 날, 지구에 더는 인간이 남아 있지 않게 되자 뿌앙이 내게 다가왔다. 나와의 우정으로 지금껏 살려줬다고 생각하고 있었다. 더는 먹을 게 없어진 뿌앙의 마지막 먹이가 될 것이란 건 이미 각오하고 있었다. 살고 싶은 마음도 없었다. 사랑하는 가족과 지인들을 잃었을 때는 눈물이 났지만 지구상의 모든 인간이 사라지니 이제는 아무런 감정도 들지 않았다.

"이제 나를 먹으러 왔구나, 뿌앙. 기다리고 있었어."

"뿌아아아아아아아아앙!"

그런데 뿌앙은 나를 먹지 않았다. 거대한 항공모함보다도 커져버린 뿌앙은 저 높은 곳에서 나를 가만히 내려다볼 뿐이었다. 커다란 눈이 무서운 동시에 친근하게 느껴졌다. 눈을 감고 뿌앙이 나를 삼키길 기다렸다. 함께한 긴 시간이 끝나는 순간이었다. 그동안 겪은 일을 생각하면 미련 따위는 남을 수 없었다. 하지만 한참을 기다려도 아무런 반응이 없었다. 혹시 내가 고통을 느낄 새도 없이 죽은 건가 싶어 살며시 눈을 떴다.

"뿌앙."

짧은 한마디와 함께 웅크려 앉은 뿌앙이 보였다. 그리고 뿌앙은 천천히 굳어가기 시작했다. 단단한 피부는 말라 부서졌고 그 안에서 짙은 색의 흙이 드러났다. 마치 커다란 산이 되어가는 것 같았다. 얼마 후 뿌앙은 정말 산이 되었다. 작은 산. 인류를 멸망시킨 녀석의 흔적치고는 초라해 보였다.

그렇게 난 세상에 혼자 남겨졌다. 뿌앙의 능력을 잘 알기에, 이 세상 어딘가에 나 말고 다른 사람이 존재할지 모른다는 의심은 할 필요도 없다. 뿌앙의 만족스러운 표정이 그 증거였다. 인간이 사라진 세상을 마주하니 예상외로 평화로웠다. 쓸쓸하고 황망할 것 같았는데 별 감정은 느껴지지 않고 그저 조용하고 한적한 느낌만 들었다. 그동안 인간이 사라지게 한 수많은 종의 최후 역시 이렇게 허무했을까?

바람이 시원하게 불어온다. 뿌앙산에 나무를 심을까 생각해봤지만 그럴 필요는 없을 것이다. 그 산은 그냥 둬도 숲을 이룰 것이 분명하다.

타협

실낱같은 희망이라도

화분

사라질 수 있는 거의 유일한 존재

사무실은 삭막하다. 근무의 강도나 분위기를 떠나 사무실이라는 공간이 가진 한계 때문이다. 돈을 벌게 해주는 고마운 공간이기는 하지만, 정말 좋아서 하는 일은 아니기 때문에 태생적 한계가 있다. 쾌적하고 발랄한 공간이 되고자 노력하는 사무실 입장에서는 여간 억울한 일이 아니겠지만 그렇다고 사무실이 우리 집처럼 머물고 싶은 공간이 될 수는 없다.

때문에 우리는 하루의 대부분을 머물러야 하는 사무실을 내가 좋아하는 모습으로 꾸미려 노력한다. 귀여운 피규어들을 올려놓거나 가족이나 애인, 아이돌의 사진을 붙여놓기도 하면서 말이다. 이러한 노력의 일환 중 하나가 바로 식물 키우기다. 사람들은 회사 근처 꽃집에서 파는 작은 식물 중 가장 생명력이 강하고 오랫동안 방치되어도 견뎌낼 수 있는 식물을 추천받아 책상 위에 올려놓는다. 거친 풍경 속 한 줄기 희망이 되길 바라며.

나 역시 몇 번 식물을 사서 사무실 책상 위에 올려둔 적이 있는데, 역시 사무실은 식물에게도 견디기 힘든 공간이었는지 시름시름 앓다 죽고 말았다. 사막에서도 산다는 선인장이 말라 죽고, 관리가 필요 없다고 했던 녀석들까지 어느새 흙바닥에 쓰러지고 만 것이다.

사실 실내는 식물이 살기에 쾌적한 공간은 아니다. 그러나 인간은 아름다운 것을 가만히 두고 보는 동물이 아니기에 기어이 집 안으로 가져와 눈앞에 두며 만족감을 느낀다. 식물이 감정을 느끼는지는 알 수 없지만 태양과 바람, 동료들이 가득한 자연을 두고 인공 건물 안에 들어와 생명을 유지하는 것이 딱히 유쾌하지는 않을 것 같다. 자유의지를 억압하는 걸 좋아할 생명체는 없을 테니 말이다.

"집 안이 가장 안전해. 밖에 있어봐야 춥기밖에 더 해?"

"내 집은 저 밖인데. 그러고 보니 바깥이 위험해 보이긴 한다."

"내가 잘 보살펴줄게."

"사양해도 될까?"

"농담은 참. 우리 집에서 나 아니면 누가 널 보살피겠어. 사양하면 죽기밖에 더 하겠니."

"그러게, 죽기 딱 좋은 곳이네. 삭막한 게."

"왜? 목말라? 물 줄게. 물 실컷 마셔."

"아니! 괘… 괜… 커허헉…."

"맛있지? 실컷 마셔."

"그만… 해…. 써… 어억어…."

식물을 키우고 싶은 마음이 생기는 건 어쩌면 자연과 더불어 살던 인간의 본능일지도 모르겠다. 그러니 아무리 시들고 죽어나가도 새로운 식물을 사고 또 산다. 갓 사온 식물을 가만히 보고 있으면 나 외의 다른 생명체가 곁에 존재한다는 사실이 새삼 신기하다. 연약해 보이는 줄기가 언제쯤 굵어질지, 듬성듬성 자라고 있는 잎사귀는 언제 풍성해질지 조바심이 들기도 한다. 그렇게 며칠 관심 있게 바라보며 물을 주지만, 짧은 시간에 극적인 변화를 보여주지 않는 식물은 곧 관심에서 멀어지고, 그렇게 말라간다.

불행 중 다행인 것은 식물은 우리가 소유한 물건 중 사라질 수 있는 거의 유일한 존재라는 점이다. 심지어 흙의

양분이 되어 다른 생명체의 성장에 도움이 되는 유익함까지 갖고 있다.

사실 모든 생명체가 결국에는 죽어 땅에 묻히고 다른 생명체의 일부 혹은 영양분이 되는 운명을 갖고 있지만 특이하게도 인간이 만드는 많은 것은 땅속의 영양분이 되지 못한다. 부패를 거부하는 강인한 것들을 만들어낸 탓이다. 만약 신이 있다면 신의 섭리를 거부하는 도발적인 생명체라며 노여움을 살지도 모르겠다. 그것도 모자라 인간은 자신도 사라지지 않기 위해 죽음을 막는 '영생의 기술'을 개발해나가고 있다. 그야말로 손에 쥔 모든 것을 소유하고 말 것이라는, 적어도 내 관심이 남아 있는 동안에는 절대 놓지 않겠다는 욕망의 전차와 다를 게 없다.

"저 하찮은 생명체가 끝내 불구덩이로 달려드는구나."

"신 선생님. 좀 불공평한 거 아닙니까? 아니 그렇잖아요. 신은 영원불멸하면서 인간은 왜 안 된다는 겁니까?"

"그거야 신의 섭리가…."

"애초에 세상을 만들 때 좀 더 완벽하게 만들었으면 이런 불편한 상황이 생기지 않았을 거 아닙니까. 이거야 원 A/S를 맡길 수도 없고."

“와, 나 오늘 말리지 마라! 인간 이것들이 두고두고 보니까 아주 바락바락 기어오르네. 네놈들은 곱게 죽을 생각 따위는 하지 말아라.”

“거참. 성격도 불같아서. 이러니 맨날 인간들만 죽도록 고생이지. 말로 합시다!”

후지와라 다쓰시는 《분해의 철학》에서 부패의 중요성과 가치를 강조한다. 부패의 변화 과정이 아름답지 못해 관심이 덜할 뿐이지 부패는 생성 이상의 가치를 갖는다는 것인데, 분해가 없는 지구와 인간은 문명은커녕 쓰레기에 파묻힐 수밖에 없는 신세라고 말한다. 또 생물학자 후쿠오카 신이치의 말을 인용하는데, 생명은 다른 생물의 단백질을 먹고, 소화하고, 산산조각냄으로써 그것을 자신을 구성하는 물질과 끊임없이 교체하는 합성의 과정을 필요로 한다. 합성 이상으로 분해를 진행하지 않으면 엔트로피 법칙을 거슬러 생명을 유지할 수 없다고 언급한다. 생태계의 균형을 위해서라도 ‘사라짐’은 필연적으로 존재해야 하는 것이다.

물건의 지루한 여정만 생각하다 식물을 떠올리면 아주 쉬운 과제를 만난 것처럼 편안해진다. 고맙게도 너희들은 사라질 수 있구나. 심지어 살아 있는 동안에도 다른 생명체를 위한 산소와 열매 따위를 생산해내기까지 하니 인간으로서 부끄러운 마음이 든다. 물론 식물을 키우기 위해 화분을 비롯한 여러 부자재가 필요하지만, 그것까지 생각하고 싶지는 않다. 뭐 하나라도 없어지는 게 있으니 그게 어딘가.

하지만 오래 간직하고 싶은 것일수록 금방 사라지기 마련이듯 우리 곁의 식물들도 곧잘 죽고 만다. 아니, 인간이 '죽이고' 만다. 생명을 다한 식물은 말라비틀어져 만지면 바스라질 듯한 지경이 되어 쓰레기통이나 근처 화단에 버려진다.

몇 번의 실패, 혹은 몇 번의 죽음 이후 나는 식물을 키울 수 없는 인간임을 깨닫고 한동안 식물을 사지 않았다. 그런데 얼마 전 아내가 무슨 충동에서인지 식물을 키우고 싶다고 했고 곧장 근처 농원에 끌려가 몇 그루를 사왔다. 멋들어진 화분과 흙, 그 위를 덮을 작은 돌멩이까지 사와 정성스럽게 그것들을 가꿨다.

별것 없어 보이는 작은 식물의 존재는 뜻밖에도 컸다. 단조로운 집 안에 생동감이 생겼고 싱그러운 초록 잎은 마음을 편안하게 해주었다. 하지만 마음 한편에는 언젠가 저 푸른 잎사귀도 시들어 사라질지 모른다는 걱정이 있다. 내가 결국 녀석들을 말려 죽이고 말 것이라는, 지난 시간을 바탕으로 한 합리적 의심 말이다. 마른 흙만 남은 화분의 미래는 왠지 낯설지 않다.

그래도 희망을 품고 오래도록 관심 가져보리라 다짐한다. 혹시 실패하더라도 적어도 너만은 분해될 수 있으니 그나마 다행이다.

신발

밑창이 닳아버린 오래된 녀석

인간이 소비하는 제품 중 실제로 닳아서 사야 하는 물건은 많지 않다. 닳기 전에 새것을 장만하기도 하고, 최근 만들어진 물건들은 꽤 튼튼해서 닳도록 쓸 일이 없기도 하다. 실제로 뭔가를 닳도록 쓰는 일은 이제 특별한 일이 된 것 같다. 물건을 오래 쓰는 연예인들이 언론에 조명되어 대중의 관심을 받으니 말이다. 어쨌든 하나의 물건을 충분히 사용하고 오래 간직하여 낡아가는 모습을 지켜본다는 것은 참 매력적인 일이다. 적어도 나에게는.

존재의 가치를 충분히 인정받아 그 쓰임을 다할 수 있는 것은 비단 물건에 국한되지 않는다. 사람도 마찬가지다. 직장이든 인간관계에서든 가치를 인정받아 이름이 자주 불리는 사람, 누군가가 필요로 하는 사람이 된다는 것은 말로 표현하기 힘든 기쁨을 준다. 누군가에게는 그런 자존감이 삶의 동력이 되어줄 정도로 강력한 힘이 되기도 한다.

살아 있지는 않지만 물건도 마찬가지일 것이다. 쓸모로 인해 만들어진 이상 몸이 닳도록 쓰이고 인정받는 것이 그들의 존재 이유다.

"빨리 좀 씁시다. 유통기한이 얼마 안 남았소."

"아, 그런가? 뭐가 그렇게 짧아? 일단 좀 기다려봐."

"초조해 죽겠소. 생생하고 팔팔할 때 쓰여야 제맛인데. 하루하루 늙어가고 썩어간단 말이오. 제발 날 좀 사용해주시오."

"쓰여 없어지는 것보다 그냥 멀쩡히 있는 게 더 좋은 거 아닌가?"

"그 사람 말 참 희한하게 하는구먼, 그려. 당신 같으면 회사에서 아무것도 안 시키면 좋겠소? 일 안 주고 책상에 앉아서 시간이나 보내라고 하면 말이오."

"야, 너 말 심하게 할래? 너랑 나랑 같니?"

"다르긴 뭐가 다르오? 당신은 사람이라서?"

"그거 말고 뭐가 더 필요한데? 사람이면 된 거 아니야?"

"좋겠소. 그렇게 살아서. 그렇게 살아 있어서."

그러고 보니 뭔가를 닳도록 쓴다는 것은 생각보다 어려운 일이다. 설령 그럴 마음이 있더라도 그 기회를 뺏어버리는 게 요즘 세상이다. 낡고 오래된 걸 들고 다니면 괜히 없어 보이고 유행에 뒤처진 사람으로 취급된다. 남의 시선이 무엇보다 중요하고, 곧 죽어도 멋으로 사는 민족이니 말이다. 실제로 대한민국은 전 세계에서 명품과 고급 차가 가장 많이 팔리는 나라다.

이런 세상에서 한 가지를 오래 사용하도록 장려하는 일은 쉽지 않다. 그런 유행을 만들고 퍼트리려면 전 세계의 유능한 마케터 여럿이 머리를 맞대고 수년간 고민해도 될까 말까다. 고민하는 동안에도 사람들은 급속도로 물건을 소비할 것이니 서둘러 묘책이 나오기를 기다리며 마음 졸여봐야 내 정신 건강만 손해다. 혹은 유명 인플루언서가 어떤 물건을 오래도록 사용해 그런 분위기를 주도하는 것이 도움이 될지 모르겠다. 하지만 역시 그때뿐이고, 시간이 지나면 하나의 유행처럼 사라져 사람들은 싫증을 내며 다시 '새것'을 찾을 것이다. 역시 헌것보다 새것이 보기에 좋으니까. 그건 다섯 살 어린아이도 아는 사실이다.

우연히 신발 밑창을 보니 어느새 뒷부분이 닳아 있었

다. 아끼던 신발인데 이렇게나 빨리? 그만큼 많이 돌아다녔다는 증거인 것 같기도 하고, 나름 부지런히 살고 있다는 생각에 뿌듯해지기도 한다. 그냥 걸음걸이가 이상해 빨리 닳아버린 거라면, 좀 머쓱하다. 어디선가 걸음걸이가 좋은 사람은 밑창이 잘 닳지 않는다고 들었던 것 같기도 하다. 어쨌든 제대로 된 걸음걸이를 배워본 적이 없기에 내 신발들은 금방 닳아버리고, 새 신발을 구해야 한다. 밑창 외에 다른 부분은 멀쩡하더라도 어쩔 수 없다. 사회적 지위와 평판, 명성 따위를 무시한 채 밑창 한 부분의 속살을 드러내고 다닐 수는 없다. 물론 아무도 내 신발 밑창 따위 관심도 없겠지만 말이다.

누군가는 신발 밑창만 새로 갈아 수선하기도 하고, 밑창 뒷부분만 보호대를 붙여 닳는 걸 방지하기도 한다지만 대부분의 사람은 그런 노력을 궁상맞은 일로 여긴다.

"그깟 거 몇 푼 한다고 그런 궁상을 떨고 있냐."

"그치? 궁상이지?"

"내가 하나 사줄게."

"정말?"

"아니 정말 그런다는 건 아니고. 궁상떨지 말라는 거지."

"쩨쩨하게 사준댔다가 안 사줘."

"쩨쩨하다니!"

"쩨쩨나 궁상이나."

신발 한 켤레를 살 때면 고민에 고민을 거듭해 신중하게 산다. 또 한 번 사면 제법 오래 신기 때문에 신발이 많다는 생각은 못했는데, 신발장을 열어보니 언제 샀는지 모를 신발이 가득하다. 티끌 모아 태산이라더니 신발장을 꽉 채운 신발들이 내뿜는 퀴퀴한 냄새도 만만치 않다. 낡은 신발들을 보고 있자니 한때의 추억이 떠오른다. 그래, 이런 신발도 있었지. 매일같이 신고 다니던 건데 까맣게 잊고 있었다는 쓸데없는 아련함에 빠진다.

신발을 정리하기 위해 한 켤레씩 꺼내 쓰레기봉투에 넣기 시작한다. 몇 켤레 넣지도 않았는데 벌써 봉투가 가득 찬다. 아니 왜 신발은 재활용이 안 되냔 말이지, 하고 툴툴거리며 새 봉투를 가져온다. 작아진 아이들 신발과 유행이 지나 다시는 신을 것 같지 않은 아내의 신발을 또 봉투에 넣는다.

비어가는 신발장을 보며 시원함을 느낀다. '미니멀리스트 지향자'로서 또 뭔가를 이뤄냈다는 생각에 뿌듯하다. 내가 버린 신발들은 그저 눈앞에서 사라졌을 뿐 거의 영원토록 썩지 않을 것이고, 태워지더라도 이산화탄소를 비롯한 온갖 화학물질을 내뿜어 흔적을 남길 테지만 말이다.

하루하루 망가져가는 지구 위에 살면서 이게 다 무슨 소용인가 싶다가도, 그저 눈앞에 있는 신발장의 여백에 슬쩍 기분이 좋아지고 만다. 참 가볍고 쉬운 마음이다.

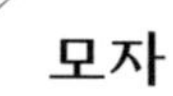

모자

물건에 대한 집요함? 아니 애틋함

"모자 쓰면, 탈모 생겨."

아내의 무심한 듯 냉정한 말에 마음 한편이 쓰라려 온다. 실제 탈모를 고민할 나이가 되긴 했다. 그렇다고 탈모가 온 것도 아닌데 조심하라니, 머리가 벗겨지면 쫓아내기라도 할 것 같다. 사실 난 모자를 쓰면 멋지다. 그렇게 믿고 산다. 모자를 쓰면 멋있어지는데, 탈모 때문에 멋져질 수가 없다니 안타까운 현실이 아닐 수 없다. 어차피 계속 모자를 쓰고 다닐 거라면 탈모가 와도 상관없지 않을까? 하지만 멋을 위해 모자를 쓰는 것과 탈모를 가리기 위해 모자를 쓰는 것은 자존심의 문제다. 마치 돈이 있지만 안 쓰는 것과 돈이 없어서 못 쓰는 것의 차이랄까.

어쨌든 점점 줄어가는 숱과 가늘어지는 모발을 걱정하며 모자를 덜 쓰려 노력하는 중이다. 과학자들은 조금 더 분발하길 바란다. 어쩌면 그들은 탈모가 없어서 절실함이 없는 건지도 모른다. 아니다. 그럴 리 없다. 그저 열심히 연구만 하느라 탈모 따위는 신경 쓸 겨를이 없어서일 것이다. 늘 그렇듯, 모든 것은 절박함의 문제다.

우리는 오래도록 모자를 써왔다. 과거를 생각하면 우선 '갓'이 가장 먼저 떠오르고 그 외에도 다양한 모양으로 변주된 여러 종류의 모자가 있었다. 비단 우리나라뿐 아니라 일본이나 중국, 유럽 역시 각 나라만의 개성이 담긴 모자를 만들어 착용해왔다. 모양에 따라 의미나 지위를 부여하기도 했고, 외적인 아름다움, 머리 보호, 보온 등 다양한 목적도 담았다. 지금은 예전보다 모자를 덜 쓰는 경향이 있는데 지위나 권위를 내세울 일이 줄어들어서일 수도 있고 헤어스타일을 중요하게 생각하는 시대가 되어서일지도 모른다. 하지만 난 헤어스타일을 관리할 만큼 부지런한 인간이 아니라서 모자를 즐겨 써왔다.

고등학교 때까지는 쓸 일이 없어 몰랐는데, 난 모자를 쓰면 멋진 인간이었다. (웃자고 하는 소리니, 작정하고 사진을 내놓으라 하면 싸우자는 거다.) 그래서 대학 때부터는 모자를 줄곧 써왔다. 일명 야구 모자라 불리는 캡 모자를 즐겨 썼는데, 머리를 손질할 필요도 없고 헝클어진 머리 위로 모자를 눌러쓰기만 하면 모든 게 해결되는 만능 아이템이었다.

우연히 누군가에게 얻은 회색 모자를 시작으로 지금까지 10개 정도의 모자를 산 것 같다. 보통 하나를 사면 낡고 허름해질 때까지 쓰는 편이다. 여러 개를 사서 그날의 분위기와 옷에 맞춰 쓸 생각 따위는 해본 적 없어 그저 하나만 줄기차게 썼다. 지금 생각하면 참 단순한 인간이었구나 싶은데 그러고 보니 지금도 그렇게 살고 있다.

"매일 똑같은 모자만 쓰고 다니지 말라고 했지. 누가 보면 거지인 줄 알겠어. 그렇다고 막 부자도 아니긴 하지만."

"이 모자는 모든 옷에 잘 어울려."

"봄, 여름, 가을, 겨울 매일 똑같은 모자만 쓰고 다니면 사람들이 뭐라고 해."

"아무도 뭐라고 안 하던데?"

"뭐라고 해."

"안 하던데?"

"그래. 미안하다. 그냥 쓰고 다녀. 뭐 내가 욕먹는 것도 아니고."

"아무도 욕 안 하던데?"

"내가 해. 매일매일!"

나를 스쳐 지나간 여러 모자 중 유난히 기억에 남는 것이 있다. 특별한 것도 없는 주제에, 무슨 영문인지 문득문득 떠올라 아쉬움을 남기는 녀석이다.

사실 난 물건을 잘 잃어버리지 않는 편이다. 물론 성격이 꼼꼼해서 그런 건 아니다. 건망증이 심하고 기억력도 좋지 않아 아무렇게나 둔 물건을 찾느라 많은 시간을 허비하며 살았다. 안 그래도 부족한 시간을 그렇게 낭비하며 살기를 수십 년, 이런 무식한 짓을 반복하지 않겠다며 나름의 살 궁리를 찾았는데 그게 바로 애초에 물건 찾을 일을 만들지 말자는 것이었다. 소유는 모든 번뇌의 시작이니까.

그래서 물건을 많이 들고 다니지 않는 편이고, 사무실이나 집에도 정말 필요한 게 아니면 물건을 두지 않는다. 특히 언제라도 사표 쓸 준비가 되어 있는 회사 서랍장에는 아무것도 든 게 없이 텅 빈 상태다. 떠날 용기는 없지만, 마음만이라도 '난 떠날 수 있는 상태다'로 유지하는 일종의 심리적 안전장치랄까? 어쨌든 '전략적 미니멀리스트 지향자'로서 물건이 많은 편이 아니라서 뭔가 하나가 없어지면 더 티가 나고 불편해진다. 또 왜인지 물건에 정이 쉽게 드는 편이라 잃어버리면 꽤 오래도록 찾고 안타까워한다. 때로는 어울리지 않게 슬퍼하기도 한다.

"잃어버린 안경을 찾습니다."

"무슨 안경?"

"전에 샀던 거. 동그란 안경."

"아, 누구더라, 그 연예인이 쓴 거 보고 따라 샀던 거?"

"응. 꽤 잘 어울렸던 거. 멋있다고 했던 거."

"그런 건 없었는데."

"아니 왜? 어울린다고 했었잖아."

"아주 가끔, 스치듯 볼 때, 찰나의 찰나의 찰나의 순간이었지. 그 짧은 순간을 부여잡고 사는 거야?"

"응. 그거라도 잡고 살아야지."

"그래. 응원할게. 또 약발 떨어지면 말해. 눈을 살며시 뜨고 달리면서 스치듯 봐줄 테니까."

잃어버린 물건이야 다시 사면 되고, 큰돈이 필요한 것도 아니지만 오래도록 내 손을 탄 물건을 잃어버린다는 건 단순히 물건 하나가 없어지는 문제가 아니다. 친한 친구나 가족을 잃었을 때만큼의 큰 상실감까지는 아니더라도 비슷한 허탈감이 있다. 충분히 작별하지 못하고 헤어졌을 때 생기는 아쉬움은 사람이든 물건이든 마찬가지다.

아주 오래전, 주말 아르바이트로 이삿짐 나르는 일을 할 때였다. 캐나다 토론토 외곽의 넓은 마당이 있는 이층 집이었는데, 위층에서 가구와 짐을 들어 내리느라 입에서 욕이 한 바가지 나오는 중이었다. 실제로는 너무 힘들어서 입 벙긋할 힘도 없어, 가슴속으로만 욕을 쌓아갔다. 당시 캐나다에는 사다리차가 흔하지 않았다. 주택이 많은 나라면서 무책임하게 사다리차도 없다니. 사장의 무모함에 화가 치밀었다. 하지만 당장 아쉬운 사람은 나였으니 젊음의 힘으로 계단을 오르내렸다. 돈 앞에 무서울 건 없으니까. 한번은 외부에 있는 철제 계단을 통해 피아노를 내린 적이 있는데, 그 무자비하고 위험한 모습을 구체적으로 설명하면 누구도 믿지 않을 것이다. 아마 누군가는 "누가 그런 정신 나간 짓을 해요?"라고 물을 텐데, 네 맞아요. 제가요! 어쨌든 그땐 그랬단 말이다.

그렇게 힘겹게 이삿짐을 나르고 마당 잔디밭에 누워 본 하늘이 잊히지 않는다. 새파랗던 하늘. 유난히 자연이 아름다운 그 나라는 하늘마저도 '싱싱'했다. 그때 옆에 벗어 둔 검은색 모자, 입술 사이로 혓바닥이 날름 나온 그림이 그려진 모자는 그날이 마지막이었다. 아무렇게나 내버려둔지도 모른 채 차에 올라, 잔디밭 위에 덩그러니 두고 온 거다. 다음 날이 되어서야 잃어버린 걸 알았다. 아끼던 모자였지만 다시 찾으러 가기에는 너무 먼 곳이었다.

시간이 많이 지난 지금, 당장이라도 더 좋은 모자를 다시 살 수 있게 되었는데 여전히 그 모자가 잊히지 않는 이유는 나도 모른다. 그렇다고 막 간절히 그리운 것도 아니다. 그냥 생각이 날 뿐이다. 하나쯤, 사라진 물건에 대한 기억 정도는 갖고 살아야 할 것 같은 죄책감 혹은 책임감 때문일지도.

별 시답잖은 생각을 하며, 사라질 기억을 부여잡고 또 잡으며 산다.

책

좀처럼 버려지지 않는 끈질긴 녀석

언제부터 책을 좋아하게 되었는지는 기억나지 않는다. 그저 주위에 책이 많아 책을 읽을 기회도 많았던 것 같다. 한 가지 잊히지 않는 기억이 있는데, 초등학교 4학년 정도 되었을 때의 일로 기억한다. 수업을 마치고 집으로 돌아가기 직전이었을 것이다. 교실 안으로 한 아저씨가 들어왔다. 책을 팔러 온 방문판매원이었는데 이미 경험이 많은 듯 여유로워 보였다. 선생님이 특별히 부탁하여 찾아왔다던 아저씨는 이 책들은 아주 싼값에 파는 것이고 지금이 아니면 다시는 이런 기회가 없을 것이라고 조금은 호들갑스럽게 우리를 자극했다.

한없이 귀가 얇았던 나는 그 말에 속아 뜻하지 않게 한 무더기의 책을 구매했다. 어린 것이 욕심은 많아 며칠에 걸쳐 가방이 끊어져라 책을 담아 집으로 돌아갔다. 어차피 책값이야 집으로 청구했을 테고, 그때는 돈이라는 것은 부모님이 어떻게든 해주시는 것 정도로 생각할 때였으니 갖고 싶은 만큼 골라 담았다.

지금 생각하면 팔리지 않는 책들의 재고 떨이였던 것 같은데, 당시 학교 관계자는 얼마나 많은 돈을 받고 그런 호객 행위를 허락했는지 상상하고 싶지 않다. 온갖 비리가 난무하는 허술한 세상이었다. (그때 골라 담은 책 사이에는 성인 범죄소설도 있었는데 책을 읽다 잔인한 장면에 놀랐던 기억이 있다.) 의도는 불순했지만 어쨌든 나는 덕분에 책을 실컷 읽었고 그때의 독서 습관이 지금까지 이어지고 있다. 이를 노린 학교의 큰 그림이었다면, 다행이구려.

그 후로 꽤 많은 책을 샀고 책과 관련된 일을 하며 또 수많은 책을 갖게 되었다. 집에는 어림잡아 수천 권의 책이 쌓였다. 아마 특별한 이유가 없었다면 아주 오랫동안 나와 함께했을 것이다. 책을 처분해야 한다는, 아니 처분한다는 생각 자체를 해본 적이 없었기 때문이다. 책은 그저 '모으는 것'이라고만 생각하며 최근까지 살아왔다.

생각해보니 책은 조금 특별한 물건이다. 책을 읽지 않는 사람들에게는 그냥 글이 담긴 종이 묶음에 지나지 않지만, 독서를 즐기는 사람들에게 책은 좀처럼 버리기 힘

WIKINOMICS
Wonderful World

든 존재다. 다른 물건은 필요에 따라 쉽게 버리더라도 책은 웬만해서는 쓰레기통으로 가지 않는다. 아주 값나가는 물건도 아닌데 말이다. 물론 모두가 그런 것은 아닐 테지만 적어도 내 주위의 책 좋아하는 사람들은 대부분 나와 비슷해 점점 견고해지는 책의 성에 갇혀가고 있다.

문제는 이렇게 책을 한없이 아끼는 사람과 책에 별다른 의미를 부여하지 않는, 내가 '얼음처럼 냉혹한 현실주의자'라고 부르는 사람이 함께 살 때 발생한다. 맞다. 그놈의 책 때문에 아내와 많이도 싸웠다.

"아니, 다시 읽지 않을 책을 왜 그렇게 쌓아두는 거야?"

"나에게 한없는 감동을 준 책들이라고. 언젠가 다시 읽을 거야."

"그 언젠가가 언젠데? 10년 동안 한 번도 뽑아 들지 않았으면서, 죽으면 읽으려고?"

"갑자기 그 책이 보고 싶으면 어쩔 건데?"

"다른 책 봐. 아직 안 읽은 책들이 더 많아. 죽을 때까지 읽어도 다 못 읽어."

"아니, 아까부터 왜 자꾸 죽는다는 얘기를 하는 거지? 듣는 사람 불안하게."

"당장 죽고 싶지 않으면 치워."

"당장 죽고 싶지는 않아."

"그래. 나도 당장 죽이고 싶지는 않으니까 어서 치워."

정확히 기억나지는 않지만, 뉘앙스는 대충 이랬다. 아내의 말을 가만히 듣고 있자면 틀린 게 하나도 없다. 그저 소유하고 싶어서일 뿐 읽겠다는 말은 핑계에 지나지 않는다. 더구나 새로운 책들은 지금도 끊임없이 방 안에 유입되고 있으니 내가 설 자리는 점점 더 좁아져갈 뿐이다.

논쟁을 가장한 다툼이 몇 번 있고 난 뒤 더는 이 작은 집 어디에도 책을 쌓아둘 곳이 없다는 사실을 인정했다. 그렇게 하나둘 내보내기 시작한 책들은 중고서점과 재활용품장으로, 혹은 지인들의 품으로 뿔뿔이 흩어졌다.

그런데 시작이 어려웠지 막상 처분하기 시작하니 그토록 오래 싸매고 다녔던 책들을 어렵지 않게 정리할 수 있었다. 책이 가득 담긴 박스를 내보내고 조금씩 가벼워지는 책장과 늘어나는 공간을 보고 있으니 뜻밖에도 마음이 가벼워졌다. 상실감보다 시원함이 더 크게 느껴진 것이다. 그렇게 수십 권의 박스를 보내고 책장은 한결 가벼워졌다.

의기양양하게 아내에게 비워진 책장을 보여주니, 그 공

간은 순식간에 아이들의 전집으로 채워졌다. 이건 아이들을 위한 아내의 빅픽처였을 뿐이었나. 물건을 비워낸 기쁨을 즐길 틈도 없이 나의 설 자리가 점점 좁아진다.

물건은 나의 영역을 표시하는 존재가 되기도 한다는 것을 물건을 잃고 나서야 깨달았다.

"아니 애들 책은 왜 이렇게 많은 건데!"

"그게 아빠가 할 소리야?"

물건이 주는 즐거움

처가댁에 갔을 때였다. 방 한구석 책상 위, 뜯어진 박스가 눈에 들어왔다. 대수롭지 않게 생각해 별 관심을 두지 않았는데 갈 때마다 그 자리에 방치되어 있었다. 뭐지? 호기심에 열어본 박스 안에는 플레이스테이션이 들어 있었다. 원래 게임을 하지 않았기에 그냥 그런가 보다, 하고 있는데 마침 다가온 처남이 말했다.

"형님 가지실래요?"

"응?"

"제가 하려고 샀는데 할 시간도 없고."

맞다. 처남은 늘 바쁘다. 바쁜 처남에게는 미안하지만, 덕분에 이런 행운이 따른다.

"어… 그럴까 그럼."

가장 친한 친구가 항상 내게 했던 말이 있다. 넌 콘텐츠를 만드는 사람이니 게임은 꼭 해야 한다고. 요즘 게임은 네가 생각하는 게임과 다르고, 아마 전혀 새로운 세상을 경험하게 될 것이라 강조했다. 하지만 난 무려 '애들'을 키우는 몸이다. 잠잘 시간도 모자란데, 게임이라니 호화로운 생각이 아닐 수 없었다. 아무래도 시간이 날 것 같지 않으니 여유로운 총각인 너나 실컷 하라고 대답했었는데, 처남이 말을 건 순간 친구가 했던 말이 다시 떠올랐다.

'그래 뭐, 그냥 준다는데 한번 해보지.'

이렇게 나는 내 돈 주고는 절대 사지 않았을 플레이스테이션을 우연히 갖게 되었다. 집으로 가져온 게임기를 TV에 연결하고, 함께 받은 CD 몇 개를 플레이어에 넣고 잠시 기다렸다. 알 수 없는 다운로드와 업그레이드가 반복되더니 이내 형형색색의 화려한 세상이 펼쳐졌고 곧장 나의 마음을 '당겼다'. 별로 갈 마음이 없었는데 그 묘한 움직임과 진동, 이야기에 단숨에 끌려간 거다.

당연한 이야기겠지만 물건의 가치는 사람에 따라 달라진다. 마음과 필요, 상황과 시간, 그 밖의 모든 요인에 따라서. 자칫 오랫동안 방치되었을지 모를 이 물건은 얼떨결에 나에게 와 쓰임과 가치가 되살아난 거다. 그렇다. 게임기는 '쓰임'과 '가치'라는 멋진 말을 갖다 붙이고 싶을 만큼 실제 내 삶을 윤택하게 하는 물건이 되었다. 거창하게 얘기했지만 플레이스테이션으로 접한 게임들이 꽤 즐거웠다는 얘기다. 허튼소리라 생각했던 친구의 말은 사실이었다. 정말 경험해보지 못한 세계였다.

며칠 뒤 나는 중고 플레이스테이션 가격을 검색한 후 처남에게 돈을 보내주었다. 새로운 세계를 알려준 것에 대한 고마움의 표시였다. 마음 같아서는 몇 푼 더 얹어서 주고 싶었지만 주머니 사정이 넉넉하지 못했다.

"아니 형님, 뭐 하러…. 안 주셔도 괜찮아요."

"처남이 바빠서 참 다행이야. 이제 다시 달라고 하면 안 돼. 알았지?"

"네?"

"누나가 다시 가져가라고 하면 이미 돈을 받았으니 절대 그렇게 못한다고 꼭 말해줘야 해. 알았지?"

"아…."

"어서 빨리 대답하라고! 이건 목숨이 걸린 문제야!"

원래 게임을 즐기지 않았다. 무의미한 싸움 혹은 단순한 반복 작업으로만 보였고, 끝나도 끝난 것 같지 않은 허무함을 느끼고 싶지 않았다. 그런데 막상 해보니 게임이라고 다 같은 게 아니었다. '콘솔' 게임, 그중에서도 몇몇 어드벤처 게임은 모바일 게임이나 PC 게임과는 전혀 다른 느낌을 자아냈다. 국악과 클래식, 연극과 영화의 차이라고 해도 될 만큼 분위기가 달랐다. 게임이 담고 있는 서사 자체만으로 이미 충분히 재미있는데 그 이야기 속 주인공이 되어 모험을 떠나고 갖가지 역경에 도전할 수 있다니, 굉장한 몰입감이었다. 이렇게 적고 있으니 마치 부모님을 향해 "게임도 좋은 거라고요!" 외치고 방문을 닫는 중2 아들 같기도 하다. 게임이 그 가치에 비해 평가절하되고 있는 현실이 안타까워 이렇게 길고도 길게 쓴다.

"게임에게도 변명할 시간을 좀 줍시다…."

나에게 플레이스테이션을 추천했던 친구는 최근 갖고 있던 게임기를 중고로 팔았다. 그다음 모델이 판매되기 시

BT-A
BT-B
FX-L

작해서 기존 모델을 처분한 거다. 별 감정이 없을 줄 알았는데 뜻밖에도 친구는 너무나 아쉬워했다. 수년 동안 큰 즐거움을 줬던 녀석인데 이렇게 떠나보내려니 왠지 미안하다는 말이었다. 뭔 헛소리인가 싶었는데, 목소리에 진심이 담겨 있었다. 며칠 뒤 친구는 도무지 그 빈자리가 허전해 견딜 수 없었다며 곧장 다음 모델을 구매했다. 예전 같으면 절대 이해할 수 없었겠지만, 이제는 나도 그 허전함을 이해한다.

나는 새로운 모델을 사더라도 지금 가진 녀석을 다른 곳으로 보내지 않을 생각이다. 돈 몇 푼을 얻고자 녀석과의 추억을 버리고 싶지 않기 때문이다. 주변에 있는 물건들을 유심히 살펴보며 과연 어떤 녀석을 오래도록 곁에 남길 수 있을지 고민했는데, 그 답은 의외로 간단했다. '존재만으로 나를 즐겁게 하는 것.' 지금도 여전히 나를 즐겁게 하는 것일 수도 있고, 혹은 과거에 나를 즐겁게 해 아름다운 추억이 된 물건일 수도 있다.

이렇게 충분히 소유할 가치가 있는 물건이라면, 그런 목적을 위한 최소한의 소비는 괜찮지 않을까?

"지구, 이건 정말 정말 가치 있는 소비야."

"그 가치가 왜 필요한데?"

"내가 행복할 수 있거든."

"행복해?"

"응."

"나는?"

좋은 소비와 나쁜 소비의 기준은 모호하다. 우리는 흔히 충분히 즐기고 가치 있게 사용했다면 좋은 소비라고 말한다. 앞으로 수많은 게임 CD를 구매할 예정인 소비자로서 이런 주장을 지지하고 싶다. 하지만 한편으로는 지극히 인간적인 기준이라는 것을 인정해야 한다. 용서는 피해를 입은 사람이 하는 것이지, 잘못을 저지른 사람이 멋대로 할 수 없으니까 말이다.

지구 입장에서는 내가 즐겁고 행복한 것 따위는 눈곱만큼도 관심이 없을 거다. 아주 작은 소비니까 좀 봐달라고, 플라스틱 조각 하나 사는 것 정도야 큰 피해도 없지 않느냐고 말해볼 수 있겠지만, 주먹으로 맞으나 손톱으로 꼬집히나 기분 나쁜 건 마찬가지다. 그러니 적고 많고, 작고 크고의 기준 역시 내 멋대로의 해석이고 내 맘대로의 용서일 수밖에 없다.

지구는 그저 인간들이 자신을 그만 괴롭히길, 이 고통이 어서 끝나기를 바랄지 모른다. 이정하 시인의 시집 제

목이 떠오른다. '너는 눈부시지만 나는 눈물겹다.'

지구가 말을 하지 못한다는 게 다행이다. 참 다행이다.

뜻밖의 지구 지킴이

외환위기가 발생한 이듬해인 1998년 '아나바다' 운동이 유행했다. 아니, 유행이었다기보다 유행을 시키기 위해 잠시 노력했지만 모든 사회운동이 그렇듯 흐지부지 사라져버렸다. '아껴 쓰고 나눠 쓰고 바꿔 쓰고 다시 쓰고'의 줄임말인 아나바다는 무분별한 소비를 줄이고 검소하게 살아보자는 운동인데, IMF 시기를 전 국민이 함께 이겨내자는 취지로 시작했다. 물론 환경을 위한 측면도 있었지만, 당시 분위기는 환경보다는 검소에 더 초점을 맞추고 있었다. 하지만 IMF의 탈출 못지않게 국내시장 활성화 또한 하나의 큰 과제였기에 무작정 소비를 억제할 수도 없는 딜레마가 있었을 것이다. 이 때문인지 아나바다는 조용히 잊혔다.

아나바다 운동은 사실 지금 시대에 더 필요한 운동일지도 모른다. 이제는 단순히 나라 경제를 살리는 문제가 아닌 전 지구적으로 죽느냐 사느냐 하는 문제가 되었으니 말이다. 물론 개인의 자유가 최상의 가치로 인정받고 소비 행위가 자아 실현의 한 형태가 된 지금, 섣불리 아나바다를 제안하는 것이 쉬운 일은 아니다. 하지만 멸망을 앞둔 상황에서 더운물 찬물 가리는 여유로움은 사치일 뿐이다. 말은 이렇게 하고 있지만 누군가 네가 뭔데 나의 즐거움을 두고 이래라저래라 간섭이냐, 하고 대꾸한다면, 피곤하니 나 역시 그냥 될 대로 되라지 뭐. 알 게 뭔가.

"제가 감히 그럴 리가요. 마음껏 쓰시고 버리세요."

아나바다의 정신 중 '바다'인 '바꿔 쓰고 다시 쓰기'를 위해 활약하고 있는 것이 중고물품 거래 플랫폼이다. 한때 유행했던 '벼룩시장', '중고나라'와 최근 가장 주목받는 '당근', '번개장터' 같은 플랫폼이 더 이상 쓰이지 않게 된 물건에게 다시 기회를 주는 역할을 하고 있다. 물론 근본적인 목적은 그저 돈을 아끼려는 이들을 위해 공간을 제공하는 것이지만 소 뒷걸음에 쥐 잡듯 환경 보호의 기능도 덩달아 하는 중이다. 그런 장점을 플랫폼들 역시 인식하고 있는지 최근에는 자신들의 친환경적 역할을 눈에 띄게 강조하고 있다.

그들의 행동이 지구적 관점에서는 극히 미미할지 모르지만, 대부분의 기업이 환경 파괴에 열을 올리는 요즘 그에 동참하지 않는 것만으로도 충분히 대견하고 의미 있다고 생각한다.

하지만 만약 사람들에게 무한의 돈이 있다면, 그래서 물건을 소비하는 것에 제한이 없다면 개인 간 거래 플랫폼은 결코 성공하지 못할 것이다. 인간에게 환경보다 백배 천배는 더 중요한 것이 '새것'이니까. 새것만 좋아하는 인간에게 영원히 쓰고도 남을 돈을 준다면 아마 누구도 중고물품을 쓰지 않을 것이다. 그러나 다행스럽게도 우리는 늘 돈이 없어, 어쩔 수 없이 당근을 한다. 지구 입장에서 얼마나 다행스러운 일이냔 말이다. 모르긴 몰라도 지구도 크게 숨을 내쉬었을 것이다. "와, 개 큰일 날 뻔."

아쉽게도 나 역시 돈이 남아돌지는 않아 종종 중고거래를 한다. 주로 아이들 물건을 사고판다. 그 외에는 게임 CD를 구매하기 위해 앱과 사이트를 수시로 둘러보는데, 기다리던 게임이 올라오면 당장 거래를 제안해 구매를 이뤄낸다. 심지어 원하는 게임의 이름을 알림으로 등록해두기까지 하면서 말이다. 그렇게 지하철역 어딘가에서 판매자와 어색한 거래를 하고 돌아올 때면, 세상을 가진 것 같은 큰 기쁨까지는 아니어도 세상의 아주 극히 일부 정도는 얻은 것 같은 소소한 행복을 느낀다. 절반 가격의 돈으로 이렇게나 큰 즐거움을 느낄 수 있다니, 당근은 참 고마운 공간이구나. 더구나 구매한 CD는 닳지도 않고 거의 새것과 다름없다. 역시 비싼 돈 주고 굳이 새것을 살 필요가 없다는 생각을 하지만, 내가 만약 삼성 회장처럼 돈이 많았다면 '거의 새것과 같은' CD를 사기 위해 당근을 뒤적이는 일은 결단코 없었을 것이다.

"김 비서, 아주 따끈따끈하고 번쩍이는 새 CD로 구매하게."

"회장님, 그 CD는 중고마켓 당근에서 반값에 판매되고 있습니다. 더구나 판매자가 게임이 어려워 열 번도 안 했다고 말한 새것 같은 중고입니다. 무엇보다 무려 3만 원이나 절약할 수 있는데 굳이 새것으로 사시겠습니까?"

"김 비서, 잘리고 싶어? 닥치고 새것으로 사와! 난 새것을 원한다고! 새것을!"

사실 난 중고물품에 대한 거부감이 없다. 낡은 것에 대해 크게 신경 쓰지 않아 많이 부서지거나 하자가 있는 제품이 아니라면 얼마든지 중고물품을 사용한다. 돈이 절약되는 장점도 있고, 손쉽게 버려질 수 있었던 무언가를 다시금 가치 있게 사용한다는 뿌듯함을 느낄 수 있기 때문이다. 물건 하나하나에 영혼이 있다는 오글거리는 말은 하고 싶지 않지만, 어떤 물건이든 힘들게 만들어진다는 것을 나 역시 콘텐츠 제작자로 오랫동안 살아왔기에 잘 알고 있다. 그래서인지 정성 들여 잘 만든 물건을 대할 때면 그 물건의 제작자를 위해 충분히 사용해주고 싶다는 일종의 전우애 같은 마음이 든다.

나로 인해 어떤 물건이 충분히 사용되어 낡아가는 모습을 보면 표현하기 힘든 기쁨을 느낀다. 내가 직접 구입한 것을 오래 사용하는 것이 단지 나의 '의무'를 다하는 것이라면, 남에게 필요 없어진 것을 가져와 그 쓸모가 다할 때까지 소비하는 것은 뭔가 '선의'를 베푼 듯한 거창한 기분까지 드는데 이건 좀 호들갑스러운 것 같긴 하다. 어쨌든 마치 숨은 영웅을 발견하여 키워내는 기분을 느끼며 중고로 사온 게임 CD를 소중히 즐긴다.

누군가에게는 재미가 없어서 버려지는 게임 CD를 중고로 사와 신나게 즐기고, 게임에 감동한 나머지 기분이 좋아져 평소 같으면 아무렇게나 버렸을 페트병의 라벨을 뜯어 재활용에 적극적으로 참여하고, 심지어 눈앞에서 알짱거리는 날파리를 살려주는 너그러움까지 발휘했으니 소중한 생명을 구하기까지 했다. 더구나 아직도 일주일 이상은 더 게임을 즐길 수 있다는 충만함에 그만 동네 쓰레기까지 줍고 다니게 되었다면 이보다 더 큰 긍정적 효과는 없을 것이다.

다소 사소한 비약과 억지, 거짓이 가미되긴 했지만 이렇게 함으로써 지구를 위한 선한 영향력이 생긴다면 나에게는 이보다 더 기쁜 일이 없… 없진 않겠지만 어쨌든 그만큼 좋다는 거다.

다양한 중고물품 거래 플랫폼들이 처음부터 환경을 지키기 위한 순수한 마음으로 사업을 시작했는지는 알 수 없다. 어쨌든 지금은 그들이 지구 멸망을 막기 위한 선두 그룹임은 분명하다. 그리고 마침 친환경 마케팅이 사회적 지지와 응원을 받는 요즘이니 물 들어올 때 열심히 노를 저어 돈도 많이 벌길 바란다. 정의도 때론 승리하는 날이 있어야 겨우 버틸 수 있는 세상이니 말이다.

하루하루 늙어가고 사라져가는

무엇 하나 사라지는 것 없이 쌓여만 가는 세상이지만 그럼에도 사라지는 것들은 있다. 아니, 당장 사라지는 것은 아니지만 하루하루 사라짐에 가까워지고 있다. 바로 내가 그렇다. 늙는 것을 생각하지 않을 수가 없는 요즘이다. 몸 이곳저곳이 아프고 삐거덕거리기 시작하자, 인생 선배들이 했던 말이 떠오른다. 나이 들면 아픔을 안은 채 평생을 살아가게 된다는 무시무시한 말. 흘려들었던 그 말이 뼈에 사무치는 요즘이다.

내가 죽음을 향해 부지런히 나아가고 있다고 생각하면 서글프지 않을 수 없다. 하지만 한편으로는 인간이 사라질 수밖에 없는 동물이라는 사실이 다행스럽기도 하다. 이 무자비한 동물이 제때 죽기라도 하니 전 지구적으로 얼마나 다행이냔 말이다. 인간의 욕망을 멈출 수 있는 것은 오직 죽음뿐이다. 이 농담 같은 진담에 왠지 무섭기도 또 멋쩍기도 하다.

죽는다는 감각은 무엇일까? 생각이 멈추고 세상에서 '영원히' 사라진다는 것은 어떤 느낌일까? 죽음 이후, '無'의 감각이 무척이나 궁금했다. 매일 밤 잠이 드는 순간 모든 생각이 멈추고 단숨에 아침으로 넘어가는 마법과 비슷할 것 같다고 생각한다. 다만 죽음은 다시 일어날 수 없다는 것이 다를 뿐이다. 하룻밤의 공백이 생기는 것 정도의 문제가 아니라 잠드는 순간부터 영원히, 우주가 폭발해 사라지는 순간까지 어떤 기억도, 생각도 없는 거다.

하지만 당연히도 내가 사랑하는 사람들은 여전히 살아갈 것이다. 그뿐인가. 그들의 자식, 자식의 자식들이 언젠가 찾아올 외계인과 사랑에 빠져 결혼을 할지도 모른다.

조금 가혹하다는 생각도 든다. 영겁의 시간이 있는데 나에게 주어진 시간은 길어야 100년이라니. 100년 너무 짧다. 세상에 재미있고 즐거운 게 얼마나 많은데 고작 100년밖에 못 산단 말인가. 더구나 그 100년마저도 다 채우려면 운이 따라야 한다. 온갖 병과 갖가지 사고를 피해야 하고, 돈도 많아야 한다.

사실은 이런 상상을 해보기도 한다. 죽은 뒤에 누군가가 다가와 인생 예행 연습을 마쳤으니 이제 본격적으로 다음 생을 살라며 등을 토닥여주는 상상. 야박한 신에게 다음 기회는 없는 거냐고 묻고 싶어진다. 한 번만 살기에 인생은 너무 어렵고 또 너무 짧다.

"신님! 거 살짝만 얘기해주세요. 저는 다시 태어납니까? 안 납니까?"

"알아서 뭐 하려고?"

"산다는 게 좀 지나치게 힘든 것 같아서요. 이렇게 고생만 하다 죽는다니, 뭐 이런 밸런스 무너지는 게임이 다 있습니까."

"난이도 '상'으로 해서 그래."

"아니, 누구 맘대로 상으로 해뒀는데요? 전 '하'로 다시 시작하고 싶어요."

"그게… 랜덤이야."

"애초에 왜 랜덤으로 만들었냐고요. 그냥 다 '하'로 하면 안 돼요?"

"심심할까 봐."

"안 심심해요! 전혀 안 심심하니까 랜덤 이런 거 하지 마요!"

"아니. 내가 심심할까 봐. 다 잘 살면 보는 내가 얼마나 지루해."

"와, 이 아저씨. 말 무모하게 하시네."

"불만이면 그냥 죽든가."

"야, 나 오늘 말리지 마라. 이 아저씨랑 맞짱 뜰라니까."

"왜 이래. 침착해. 사과나 잠자리로 태어나기 싫으면."

죽음에 대한 생각은 늘 이렇게 꼬리에 꼬리를 물며 퍼져나가고 결국 '죽음이란 무엇인가' 하는 끝없는 의문에 휩싸여 골치가 아프기 시작한다. 아픈 머리를 쥐어뜯다가 셸리 케이건의《죽음이란 무엇인가》를 펼쳐 들었다. 제목부터 벌써 그 답을 들려줄 것처럼 생기지 않았냔 말이다. 하지만 기대와 달리 책은 마지막 장까지 '죽음이란 무엇인가'만 되묻다 끝났다. 사후 경험을 했다든지 죽음의 문턱에서 살아 돌아온 사람들의 극적인 이야기를 기대했는데 이게 뭔가요? 책은 간지러운 곳 바로 옆만 긁는 것 같은 찜찜함을 남겼고 동시에 감당하기 힘들 만큼 철학적이었다.

그런데 최근 우리 인간이 마지막 관문인 죽음마저 이겨낼 작정으로 '영생의 기술'을 개발해내고 있는 모양이다. 하버드 의과대학의 유전학 교수인 데이비드 A. 싱클레어는《노화의 종말》에서 현재의 의료 기술과 생명공학이 노화와 죽음을 얼마나 밀어냈는지 상세히 설명한다. 우리 몸의 세포를 재설정해 젊음을 되돌리는 노화 예방 백신과 노화 세포 제거제, 3D 바이오프린팅을 통해 장기를 재생하는 기술 등 가히 영화 같은 일이 곧 벌어질 예정이라고 한다. 여기서 더 나아가 애초에 늙지 않는 인류를 만들 수도 있다고 하니, 왠지 영생의 상징 드라큘라가 떠오른다.

사실 닐 조단의 영화 〈뱀파이어와의 인터뷰〉를 보며 나도 늙지 않는 뱀파이어가 되었으면 좋겠다고 얼마나 바랐는지 모른다. 주인공인 브래드 피트가 죽지 않는 삶의 고단함과 슬픔을 줄기차게 설명하는데도 말이다. 심지어 영화에 인터뷰어로 등장하는 기자 역시 뱀파이어의 삶에 감화되어 자신도 뱀파이어로 만들어달라고 간절히 애원한다. 영생이 이토록 좋은 거다.

과연 얼마나 기다려야 노화를 막는 연구가 성과를 낼지 모르겠지만 분명 성공해내리라는 것은 믿어 의심치 않는다. 성장과 발전에 대한 갈망으로 지금껏 살아온 인간이기에, 결국 시간만이 문제일 것이다.

> "인터뷰에 응해주셔서 감사합니다, 뱀파이어님. 영원히 산다는 건 어떤 느낌인가요?"
>
> "불가능이 없는 삶을 사는 기분입니다."

"무슨 말씀이신지요?"

"흔히들 이런 말을 하더군요. 서울에 집을 사려면 숨만 쉬며 100년을 모아야 한다고. 저에게 그런 일은 어렵지 않죠. 100년이 문제겠습니까. 그걸로 부족하면 200년 정도 열심히 일해서 집을 사면 되는 거죠."

"장기적인 계획을 갖고 계시는군요."

"네, 맞습니다. 200년 동안 일해서 집 사고, 또 한 200년 더 일해서 자식들 집 한 채씩 물려주는 거죠."

"결국, 죽어라 일해도 죽지 않는 삶이군요."

"그… 그렇게 되는군요."

"좋은 건가요?"

"음… 조금 전까지는 좋았는데 갑자기 안 좋아졌습니다."

"안색이 창백한데, 괜찮으신가요?"

"괜찮습니다. 제가 좀 차가운 편이라서요…."

죽지 않는 인간이 늘어난 지구라니, 상상하고 싶지도 않다. 수가 불어난 인간들은 한정된 공간과 자원을 차지하기 위해 싸울 것이고 결국 핵폭탄 몇 개 터지는 것 따위는 사소한 일로 치부될지 모른다. 한 명의 인간이 평생 만들어내는 쓰레기를 상상해본다면 죽지 않는 인간들이 만들어낼 지구의 모습은 아름다울 리 없다.

상상하고 싶지 않다고 적으면서 나도 모르게 상상하게 되는 건 왜일까? 멈춰, 상상을 멈추라고! 감당하지 못할 쓰레기에 파묻혀 끝내 동족을 죽이기 시작하는 인류. 오로지 내가 살아남기 위해 인류의 숫자를 줄이는 인간 말살 전쟁. 권력을 지키기 위한 독재와 살기 위한 복종에 이르는 식상한 이야기가 줄줄이 떠오른다. 이제 정말 상상을 멈춰야 한다. 내가 독재자가 될 것 같지는 않고, 그렇다면 남은 역할은 노예뿐이니 말이다.

어쨌든 내가 살아생전 영생의 기술이 개발될 것 같지는 않고 그 '혜택'을 누릴 만큼 부유하지도 않으니 난 그냥 늙어갈 것이다. 영생까지는 바라지도 않고 그저 아프지나 않았으면 좋겠다. 그렇게 조용히, 아무런 흔적도 남기지 않은 채 사라질 수 있기를 바란다.

우울

어디서부터 잘못된 걸까?

돈

살면서 가장 갖고 싶은 것

물건에 관한 이야기를 할 때 빠질 수 없는 것이 바로 돈이다. 마치 공기와 같아 그 존재가 물건이라는 인식조차 없을 정도다. 물건이지만 물건이 아닌 그 요상함 때문에 나도 하마터면 빠트릴 뻔했다.

좋든 싫든 돈은 언제까지고 존재할 것이다. 그 실물은 언젠가 사라져 디지털화될 것 같지만, 그렇다고 모두 사라지지는 않을 것이다. 희귀하다는 이유로 가치를 높이며 누군가의 금고 속에, 혹은 박물관에 전시되어 또 오랜 시간 소중하게 다뤄질 것이 분명하다. 심지어는 인류가 사라진 후에도 박물관에 남아 영겁의 시간을 홀로 보내게 될 것이다.

그렇게 나의 손을 거쳤던 돈은 고요해진 지구 어딘가에

서 외롭게 사라지기를 기다릴 것이다. 좀처럼 썩지 않는 금속이기에 수억 년의 시간이 필요할지도 모르겠다. 운이 좋다면 날아오는 행성에 맞아 지구가 단번에 사라질지도 모르니 그러면 좀 다행이다. 물론 사라지길 바랐다면 말이다.

요즘의 돈은 일단 손에 넣기만 하면 버릴 일 따위는 있을 수 없다. 하지만 내 간절한 마음을 아는지 모르는지 돈은 곧잘 없어지고 만다. 갖고 있기 무섭게 사라져버려, 부단히 일하고 노력하지 않으면 금방 바닥을 드러낸다. 한때 나에게도 돈 따위는 중요하지 않다고 말하던 시절이 있었는데, 어쩌면 그런 말을 한 것조차 실은 돈을 중요하게 여겨서였을 것이다.

갖지 못한 것은 갈망을 일으키고, 그래서인지 돈에 대한 인간의 소유욕은 가히 상상을 초월한다. 때로는 사랑과 비견될 정도로 인간의 삶을 송두리째 조종할 수 있는 마성의 물건이 바로 돈이다. 우리는 삶의 거의 모든 순간 돈을 떠올리며 산다. 일일이 그 가치와 영향력을 설명할 필요도 없이, 어린아이도 일단 돈이라는 개념을 배우고 나면 장난감을 사기 위해서는 돈이 필요하다는 것을 금방 깨닫는다.

돈은 소중한 만큼 보관도 잘해야 하는데, 다행히도 은

행이란 곳이 있어 우리 대신 돈을 보관해준다. 그렇게 되면 돈이라는 존재는 오직 숫자로만 남게 되는데 가끔은 내 소중한 돈이 잘 있는지 궁금해 실물의 돈을 찾아보고 싶어진다. 하지만 찾아보기도 전에 돈은 '마르고' 곧 0에 수렴하니, 정말 보고 싶다면 월급이 들어오기 무섭게 은행으로 달려가 초조한 마음으로 번호표를 뽑아야 한다.

"저… 제가 좀 급한데 서둘러줄 수 있을까요?"

"무슨 일로?"

"곧 카드값과 관리비, 보험료, 통신비, 대출이자 등이 나갈 예정입니다. 잠깐이라도 돈이란 녀석을 볼 수 있을까요?"

"점장님! 여기 긴급 고객이니 최우선으로 처리하겠습니다!"

종종 뉴스를 통해 금고에 돈을 쌓아두는 사람들을 본다. 탈세를 위해 현금을 숨겨두고 몰래 사용하는 것인데 정말 저런 사람들도 있구나 싶다. 대체 돈이 얼마나 많으면 집에다 쌓아두냔 말이다. 돈이 쌓여 있는 장소로는 은행이 아닌 다른 곳을 상상해본 적이 없다. 그런데 은행도 아닌 집 금고 안에 돈이 쌓여 있다니. 돈이 필요할 때마다 금고를 열고 5만 원권 한 장 한 장 꺼내쓰는 재미는 어떨지. 그저 상상만으로도 얼굴에 웃음이 지어진다. 젠장.

요즘 아이들에게 밤마다 읽어주는 전래 동화를 보면 많은 이야기에서 공통으로 등장하는 것이 있다. 바로 '금은보화'가 계속해서 나오는 물건이다. 그건 항아리일 때도 있고, 바구니일 때도 있고, 그냥 도깨비방망이일 때도 있다. 현실에서 금은보화는 현금이 가득 담긴 금고를 상징한다. 동화 속 주인공과 마찬가지로 현실의 금고 주인 역시 행복할 것이다. 이제는 아이들도 안다. 금은보화의 전지전능함을.

"아빠, 우리는 부자야?"

"부자인 것 같아, 아닌 것 같아?"

"아닌 것 같아."

"왜?"

"그런 걸 묻기에는 이미 너무 중산층인데."

"중산층인 것 같아?"

"설마 아니야? 그럼 빈곤층이야?"

"긴장을 늦추지 마. 중산층도 쉽지 않다."

그런데 생각해보니 나도 돈을 모은다. 금고가 아니라 저

1989
100
한국은행

금통이라 다소 규모는 소박하지만 이게 묵직해지면 꽤 쏠쏠하다. 물론 큰돈이 되는 것은 아니지만 뭔가 공짜로 돈이 생긴 것 같은 달콤함이랄까. 이렇게 적고 보니 새삼 스스로의 소박함이 놀랍고 부끄럽다. 어쨌든 이제는 동전을 거의 사용하지 않는 세상이 되어 저금통을 가득 채우기가 좀처럼 쉽지 않지만, 한때는 저금통을 가지고 은행에 찾아가 지폐로 교환하거나 통장에 입금하는 모습을 어렵지 않게 볼 수 있었다. 곧 동전을 사용하지 않는 세상이 오면 실물의 동전은 누군가의 저금통에 오래도록 머물게 될지도 모르겠다.

아니, 돈 걱정 말고 돈이 없는 내 걱정이나 하자. 시간이 금이고 돈인데 세상 쓸데없는 생각이나 하고 있다.

때로는 돈이라는 것에 얽매이지 않고 살고 싶다고 생각한다. 돈 몇 푼에 기뻐하고 슬퍼하는 '쪼잔한' 나의 모습에 깊은 자괴감을 느낄 때가 있다. 그 비굴함이 싫어 단 하루라도 돈에 연연하지 않는 삶을 살아보자고 생각하지만 그런 삶이란 대체 어떤 모습일까?

그러려면 아침에 일어나 기름값 걱정을 하지 않고 차를 몰며 회사에 가야 하고, 배가 출출하면 가격 생각하지 않고 샌드위치와 커피 혹은 그 외 간식을 사먹어야 한다. 점심을 먹을 때도 역시 가격표를 보지 않고 메뉴를 골라야 하고 조금이라도 부족하다고 느끼면 추가 음식을 자유롭게 주문해야 한다. 동료의 결혼식에 축의금을 얼마나 내야 할지 고민하지 않아야 하고 이번 달 부모님 용돈 액수는 근심할 가치도 없어야 한다. 대출금과 카드값을 내보내고 남은 돈으로 이번 달은 어떻게 지내야 할지에 대한 걱정은 좀처럼 무시하기 힘들겠지만 역시 잠시라도 생각을 접어야 한다. 이쯤 되면 재벌의 자식으로 태어나 단 한 순간도 부족함 없는 삶을 살아왔어야 가능한 일이라는 것을 깨닫게 된다.

돈의 실물은 은행 어딘가에 가만히 존재하겠지만, 그 가치는 마치 유령처럼 세상을 떠돌며 사람들을 조종하고 있다. 이쯤 되면 의심스럽다. 돈이란 것이 어쩌면 실물이 없는 신기루인지도 모른다는 의심. 갖고 있다는 착각 속에 살지만 연기 속에만 존재하는 신기루.

유행의 선도를 부탁해

최근 백화점을 찾은 이유는 식품관 때문이었다. 아마 한 3~4년 만의 방문이었을 것이다. 백화점보다 마트 갈 일이 더 많았던 탓인데, 어쩌면 꾸미고 가꿀 젊음의 시기가 지나서일지도 모르겠다. 그것도 아니면 잘 보이고 싶은 사람이 없어서일지도. 하지만 이런 말을 잘못 꺼냈다가는 아내에게 한 소리 들을 것이 분명하니 먹고살기 바빠서라고 해두자.

자신 앞에서 언제나 긴장을 늦추지 말고 꾸미고 다니라는 아내는 백화점 식품관에 가서 맛있는 거나 먹고 오자고 했다. 육아에 지쳐 어디라도 다녀오고 싶었던 거다. 실제로 백화점은 언제나 만족스러운 서비스를 제공한다. 깨끗함은 물론이고 갖가지 먹거리에 문화 시설까지 갖추고 있다. 그뿐인가. 아이들을 위한 놀이 시설까지 마련해놓고 부모들에게 돈 쓸 시간을 제공하는 데 최선을 다한다.

백화점 에스컬레이터를 타고 높은 곳에서 매장 전체를 내려다보면 '물건의 향연'을 만날 수 있다. 각 층을 빽빽히 채운 온갖 물건들은 멋진 인테리어와 화려한 조명 속에 빛나며 왠지 더 고급스러운 느낌을 자아낸다. 특히 명품관은 그 번쩍이는 위용에 짓눌려 움츠러드는 기분까지 든다. 심지어 풍겨오는 향기까지 고급스럽다. 얼마나 비쌀지, 가격표를 살펴보는 것조차 조심스러워 선뜻 매장 안으로 들어가지 못하는데 이게 물건의 품격에 짓눌려서인지 혹은 그저 돈이 없어서인지 헷갈린다. 언젠가 큰돈이 생겨 명품관에 곧장 들어갈 기회가 생기면 여전히 가슴이 떨리는지 확인해보고 싶다.

아주 오래전, 사귀던 여자친구에게 가방을 선물받았다. 가능하면 아내의 심기를 건드리지 않는 게 좋으니 옛날얘기는 하고 싶지 않지만, 뭐 어쨌든 그랬다.

"그 여자보다 자기가 15배 더 예쁘니까 진정해."

"15배?"

"100… 150배?"

"…."

"1,500배 정도면 되겠어?"

"계속해보시지."

당시 여자친구가 가품 루이 비통 크로스백을 선물로 준 일이 있었다. 돈 없는 대학생 시절이라 진짜 같은 가짜를 어딘가에서 힘들게 사왔다고 했다. 하지만 그 시절의 나는 루이 비통이라는 브랜드의 존재도 몰랐고 그 브랜드가 명품이라는 사실 또한 전혀 몰랐다. 당시 내 관심사는 오직 '스타크래프트'뿐이었고, 명품에 대해 아는 거라고는 마이클 조던이 신던 나이키가 좋다는 것 정도였다.

루이 비통. 약간 중년 여성 느낌의 디자인 같다는 생각이 들었지만, 여자친구의 선물이니 기쁜 마음으로 들고 다녔다. 그런데 그 후로 생전 경험해보지 못한 일들이 생기기 시작했다. 어떤 사람들은 가방을 보고 "좋은 거 들고 다닌다"라고 했고, 또 어떤 사람들은 네가 이런 걸 어떻게 알고 갖고 다니냐며 "짝퉁이냐?" 하고 물어왔다. 그때 처음 알았다. 아, 명품이란 걸 사람들이 이렇게 보는구나. 명품을 들고 다니는 것만으로 때로는 특별한 가치를 만들어낼 수도 있구나.

"잘 몰라. 그냥 초 A급이라고 했어. 하여튼 좋은 거야."

그런 낯선 경험이 있고 난 뒤로는 한 번도 명품이라 불리는 브랜드의 제품을 가져본 적이 없다. 경제적 여유가 없어서 그랬을지도 모르지만, 명품을 사야 할 기회도 이유도 없고, 무엇보다 돈도 없었다. 또 나름 합리적이고 효율적인 삶을 지향하기 때문에 브랜드 가치가 있다는 이유로 비슷한 모양의 가방 혹은 신발에 수십, 수백 배 더 비싼 돈을 지불하고 싶지 않았다.

물론 현대사회에서 자신을 드러내는 수단으로 쓰일 때 명품의 가치는 충분히 효과적이고 합리적일 수 있다고 생각한다. 그럼에도 여전히 기업들이 브랜딩으로 만들어낸 상품을 향한 과도한 평가에 대해서는 의심을 지울 수 없다. 사실 그런 전략에 속지 않겠다고 괜한 오기를 부리는 편이라 크게 관심을 가져본 적도 없다.

말은 이렇게 하지만 막상 누군가 명품을 선물해준다면 한껏 밝은 표정으로 건네받고는 닳기라도 할까 조심스레 사용할지도 모르겠다. 가져보지 못한 자의 허세일지도 모른다는 거다.

이런 괜한 반발심 때문일까? 왠지 명품은 더 심한 환경파괴를 일삼을 것 같다는 생각을 지울 수 없다. 마치 게임 속 끝판 대장이 늘 강한 것처럼 비싼 놈은 나쁠 거라는 편견을 갖게 된다. 사실 백화점에서 파는 명품 가방이나 가판에서 파는 재고떨이 가방이나 만들어내는 '탄소발자국'은 크게 다르지 않다. 오히려 대량으로 제작되어 더 많이 소비되는 저렴한 에코백이 더 심한 환경 파괴를 일으키고 있을지도 모른다. 실제로, 전에 일하던 회사에서는 경품으로 만든 에코백이 남아돌아 한 번도 사용하지 않은 새 것을 폐기 처분한 적도 있었다.

물론 명품 역시 재고가 남으면 제품의 희소성과 가치를 지키기 위해 폐기한다는 뉴스를 본 적이 있다. 회사의 이익을 위해 멀쩡한 새 제품을 쓰레기로 만들어버린다는 것은 인간이 얼마나 무책임한지를 보여주는 사례다. 환경에 대한 고려는 조금도 없는 것이니까. 이왕 버릴 거 나한테 달라는 말을 하고 싶어서 이런 얘기를 하는 건 아니다. 그렇다고 굳이 주겠다면 그 호의를 거절하겠다는 것도 아니다. 어쨌든 그렇다.

자본주의 사회에서 소비 자체를 비판할 수는 없으니 명품의 소비에 대해서도 더 논할 것은 없다. 다만 명품이 지닌 영향력을 고려한다면 그에 걸맞은 책임과 의무는 반드시 필요할 것이다. 마음 같아서는 시즌마다 새로운 유행을 만들어 멀쩡한 옷과 신발을 버리게 만드는 '선동'을 멈추라고 말하고 싶지만, 그들도 먹고는 살아야 하니, 역시 방법은 요원하다.

그나마 다행인 것은 최근 여러 브랜드가 앞장서서 친환경 소재들로 제품을 만드는 노력을 보여주고 있다는 점이다. 버려진 폐기물과 재활용한 플라스틱을 활용해 가방과 옷을 만든다니, 세상의 멸망이 조금은 늦춰질 것 같아 다행이다.

자칫 우려되는 점은 친환경 제품 자체가 지나가는 하나의 유행이 되어 또 다른 불필요한 소비를 일으킬 수 있다는 것이다. 환경 파괴를 최소화한 제품이라고들 하지만, 그것을 만들 때 들어가는 에너지와 탄소발자국을 간과해서는 안 된다. 다시 말해 그저 친환경이라고 에코백이나 텀블러를 100개씩 사서 쓰면 뿌앙괴물에게 제일 먼저 잡아먹히게 된다는 거다.

이런 생각을 해본다. 패션 산업 트렌드를 주도하는 명품 업계가 이참에 환경운동 캠페인을 벌이면 어떨까? 그럼 관련 업계는 물론 소비자들도 자의 반 타의 반 자연스럽게 따를 수밖에 없지 않을까?

"나 이제 탄소발자국 줄이려고."

"갑자기 왜?"

"못 봤어? 이번 가을 시즌 프라다에서 탄소발자국을 전체적으로 3kg이나 줄였다잖아."

"아니, 무슨 그런 비인간적인 짓을 할 수가 있지? 그건 모델들이나 하는 거지 우리처럼 평범한 사람들이 어떻게 하겠냐고."

"너무 비인간적으로 혹독하긴 하다."

"그렇다고 탄소발자국을 무시하자니 유행에 뒤처질 것 같고."

"그건 그렇고, 정말 섹시하긴 하더라. 패션쇼 봤어? 탄소발자국을 어쩜 그렇게들 뺐는지 몰라?"

"그러게. 너무 우아하고 세련돼 보이더라."

"그래, 나도 내일부터 다시 탄소발자국 줄이기다."

의도가 순수하진 않지만, 뭐 어쨌든 환경이 보호되면 좋은 거니까. 과정이야 어떻든 결과만 좋으면 그만인 세상이지 않느냐 말이다.

명품이 쓴 오명을 대변하기 위해 이런 소리를 하는 건 아니고 그저 백화점 명품관의 기에 눌려 별 시답잖은 소리를 해봤다. 늘 그래왔지만.

건물

애타게 갖고 싶지만 가질 수 없는 너

처음부터 등산을 좋아했던 건 아니다. 우연히 산에 관련된 영상을 제작할 일이 있었는데 그때 한 등산 팀을 따라 대한민국의 명산을 쫓아다닌 적이 있다. 짧게는 2~3주, 길게는 한 달에 한 번씩 3년 정도 산을 탔다. 그때 대한민국에서 이름깨나 있다는 명산은 다 오르며 돈 벌기가 이렇게도 힘들 수 있다는 걸 알았다.

이제 와 고백하자면 등산 팀을 쫓아다니며 촬영하는 건 상상을 초월하는 난이도였다. "더는 못 해!"라는 내적 외침을 10m 간격으로 토해내며 산에 올랐다. 다들 얼마나 산을 잘 타는지, 쫓아가기도 힘든데 그것도 모자라 그들이 오르는 걸 촬영하기 위해 먼저 올라야 했고, 내려오는 걸 찍기 위해 먼저 내려가야 했다. 그렇게 번 돈은 허투루

쓰기가 아까워 몽땅 저축했었는데, 제기랄 그놈의 주식이 문제다. 피와 살을 깎아 번 돈을 국내 굴지의 기업들을 먹여 살리느라 다 써버렸다. 과거의 나에게 외치고 싶다. 넌 나중에 크게 후회하게 될 거라고.

하지만 지금의 난 오히려 등산에 중독되어버렸다. 등산의 백미는 역시 정상에 섰을 때다. 내려올 것을 뭐 하러 올라가냐는 근원적인 질문을 던지며 도무지 알 수 없다는 표정을 짓는 사람들도 있지만, 산만큼 성취감을 얻기 쉬운 것도 없다. 그냥 오르면 된다. 물론 힘들겠지만 그냥 아무 생각 없이 오르기만 하면 분명히 '끝'에 다다르고 마는 거다.

어쨌든 그렇게 정상에 올라 산 아래를 내려다볼 때면 늘 비슷한 생각을 하게 된다. 참 많이도 올라왔구나. 한 발짝 한 발짝, 사부작사부작 걸어 어느새 이렇게 높이도 왔구나. 저 멀리 산 아래로 보이는 아파트들은 어쩜 저렇게 작아 보이는지 마치 현실이 아닌 붓으로 뭉툭하게 그려 넣은 그림 속의 집 같다고 생각한다. 그 빼곡한 집들 하나하나에 또 사람 여럿이 옹기종기 살고 있다는 사실은 눈으로 봐도 믿기 힘들다.

건물이 그렇게나 많은데 사람들은 언제나 살 곳을 구하기 위해 발버둥을 친다. 그 집이라는 것이 사실 건물 한 채도 아닌 커다란 건물 속 극히 작은 일부일 뿐이라는 게 '웃픈' 현실이다. 아등바등, 웃기지도 않는다.

하여튼 보통 세상의 이치가 그렇듯, 건물은 갖고 싶어도 가질 수 없다. 물욕이 없다고 했지만 생각해보니 거짓이다. 나의 진실한 속마음에는, 이왕 가질 거라면 자잘한 물건들 따위가 아니라 건물 한 채 정도는 되어야 한다는 거대한 포부가 있었던 거다. 신의 영역에 이르러야만 가질 수 있다는 건물. 그것을 손에 쥔 사람들은 실제로 '건물주'라 불리며 신의 대우를 받는다. 살면서 이토록 애타게 갖고 싶은 물건이 있었던가. 가질 방법은 알지만 갖지 못해서 더욱 애가 탄다. 돈만 있으면 되는데, 돈이 없다.

대학 시절 아르바이트로 용산 미군 부대 안에서 군인들의 숙소를 짓는 일을 한 적이 있다. 그때 공사 현장의 잔심부름이나 갖가지 건설 자재를 옮기는 일을 했었는데, 생전 처음 하는 낯선 경험이 제법 즐거웠다. 물론 다 지난 과거의 일이니까 이렇게 건방지게 얘기할 수 있지, 당시에는 매일 도망갈지 말지 고민하며 잠에 들었다.

그때 대강이나마 시멘트 안에 철근이 어떻게 들어가는지, 벽과 바닥은 어떻게 만들어지는지를 배웠다. 허허벌판, 땡볕에서 일을 시작했는데 얼마 뒤에는 건물이 생겨 그 안에서 쉬면서 일할 수 있게 되었다. 계단이 만들어진 후에는 '위층'을 만들며 점점 더 위로 올라갔다. 그 낯선 성장을 경험하며 인간이 이렇게 천천히 진화해왔다는 자못 비장하지만 쓸데없는 생각을 하고 있자니 건물이란 것이 조금 더 친근하게 느껴졌다. 인간이 만드는 것 중에 가장 원초적인 목적을 가진 물건이니 다른 것들에 비해 순수한 것 같기도 하고 말이다.

사실 다소 삭막해 보이는 고층 건물이 기존의 한옥이나 주택보다 훨씬 더 환경친화적이라고 한다. 땅의 사용이 적고 많은 사람이 좁은 공간에 밀집해 있어 에너지를 효율적으로 사용할 수 있기 때문이다. 인정 없어 보이던 고층 건물들이 어쩌다 보니 친환경을 지향하고 있었던 거다.

그저 살기 위해 집을 짓는 건데 환경을 파괴한다고 욕을 먹다니, 조금은 서운하다고 대신 변명이라도 해주고 싶은 심정이다. 하지만 우리 욕심이 너무 과한 것도 사실이다. 하늘 무서운 줄 모르고 더 높이 더 멀리 확장해나가며 기세를 떨치고 있으니 말이다. 바벨탑처럼 신의 노여움을 살까 무섭다.

산 위에서 내려다본 빼곡한 도시 건물들 위로 푸른 나무들이 덮여 있는 상상을 해본다. 아무래도 훨씬 더 보기 좋을 것 같다. 하지만 난 이기적이라, 이런 생각도 한다. 더 많은 건물이 지어져 집값이 내려가길. 몇 억이나 하던

집들이 폭락하여 몇백만 원만 줘도 살 수 있는 세상이 오기를 바란다. 그 정도가 되려면 대체 얼마나 많은 건물이 지어져야 할지 모르겠다. 뭐 언젠가는 그런 날이 오지 않을까? 하지만 아무래도 멸망이 먼저일 것 같긴 하다.

자동차

이왕이면 더 좋은 것으로

오늘도 지구의 기후변화가 심상치 않다는 기사를 몇 편이나 봤다. 몇백 년 만의 폭우와 홍수로 피해가 속출하고 있고 이 변화의 끝이 과연 무엇일지 누구도 알 수 없다는 내용이었다. 이렇게 각종 미디어에서 수없이 경고를 보내지만 우리의 삶은 크게 달라진 게 없다. 인간들은 여전히 평화롭게 파괴의 날들을 보내고 있다.

불안하지만 나 역시 반쯤 포기한 채 직장을 향해 차를 몬다. 계기판에 기름이 모자라다는 경고 메시지가 떠 있고 불안한 경고등을 지우기 위해 주유소를 찾아 기름을 가득 채운다. 그렇게 주유소를 빠져나오며 한동안은 버틸 수 있겠구나 싶은 안도감과 목돈이 빠져나간 것에 대한 쓰라림을 동시에 느낀다. 자동차 배기구에서 쏟아져 나오는 가스는 이제는 일상이 되어 아무렇지도 않다.

지구를 멸망의 길로 이끄는 지구 위의 수많은 물건들. 그중에서 차는 역할이 꽤 크다. 차로 인한 환경 파괴가 적지 않다는 걸 알지만, 역시 불편할 바에 죽는 편이 나은 인간이기에 도저히 자동차의 운행을 멈출 수 없다. 사실 차를 갖기 전에는 불편함을 모른다. 하지만 일단 타고 다니기 시작하면 더는 차 없는 삶을 살 수 없게 된다. 더구나 차는 나의 부와 명예를 간접적이나마 드러낼 수 있는 물건이 아닌가.

자동차는 이제 단순히 편리함을 위한 도구가 아닌 사회를 원활히 움직이게 하는 필수 요소가 되어버렸다. 차가 없다면 세상이 돌아가지 않을 것이고 당장 죽고 사는 문제에 직면할 것이다.

아닌가?

뭐, 이런 생각 역시 지극히 인간적인 편견일 수 있다. 인간은 차가 없어 세상이 멈춰도 결국 어떻게든 살아나갈 끈질긴 종족이니까. 지독히도 강인한 생명력을 가진 인간들 아닌가.

차로 인한 환경 파괴야 이미 모두가 알고 있으니 말해봐야 귀찮기만 하다. 단순히 기름을 소모하고 유독가스와 일산화탄소를 배출해 온난화를 가속하는 것이 다가 아니다. 아주 거대한 물건 하나가 만들어져 좀처럼 사라지지 않는다는 것이 문제다. 지금 이 순간에도 수백, 수천 대의 자동차들이 만들어지고 있다. 그 수많은 자동차가 제각각 기름을 태우며 달리고 있을 현실을 떠올리면 왠지 등골이 서늘해진다.

또 자동차는 덩치가 크다 보니 집 안에 넣어둘 수 없어 '주차장'을 따로 만들어야 한다. 물론 큰 집을 가진 사람들은 집 안에 별도의 주차 공간을 만들어 차를 세워두기도 하지만, 대부분은 집 근처 주차장을 이용한다. 그마저도 부족한 곳이 많아 갖가지 갈등이 벌어지는데, 이건 뭐 멸망해가는 인류에게 문제도 아니다.

내 인생의 첫 차는 중고차였다. 노란색의 화려한 모습이라 별명이 '노랑이'였다. 당시 애인이었던 지금의 아내는 비만 오면 노랑이의 어딘가에서 물이 샌다고 불평을 했다. 좀 시원하게 타려고 일부러 물이 들어오게 한 거라는 헛소리를 하며 고치지 않고 버텼는데, 그렇게 몇 년을 더 버티던 노랑이는 끝내 어딘가로 팔려갔다. 그때 차를 사가던 구매자가 연식은 오래되었지만 킬로수가 많지 않다며 수리해서 아내에게 주겠다고 했던 게 기억난다.

벌써 10년도 더 지난 이야기니, 노랑이가 아직 세상에 존재하고 있을지는 잘 모르겠다. 내가 샀을 때 이미 10년

가까이 된 차였으니 아마도 그럴 가능성은 크지 않을 것이다. 어쩌면 분해되어 다른 차의 부품으로 여전히 희미한 생명을 이어가고 있을지도 모른다. 분명한 사실은 그 거대한 차가 완벽히 사라지지 않았을 거란 것이다. 사라지기에는 너무나 크고 단단하고 복잡한 존재니까.

우리는 그 심각성을 알고 있기에 조금이나마 덜 해로운 차를 만들기 위해 애를 쓴다. 잘은 모르지만, 전기차와 수소차가 그 대안이 될 것이라 믿으며 전 세계 과학자들이 고군분투 중이다. 하지만 그 차들이 과연 환경친화적 관점에서 덜 파괴적인 대체재인지 의문스럽긴 하다. 전기를 생산하는 것 역시 결국에는 비슷한 에너지가 필요한 것 아닌가 궁금하지만 뭐 관련된 내용을 본격적으로 분석해 따져 물을 자신도 실력도 없기에 그저 그러려니 한다. 세상에서 가장 똑똑하다는 과학자들이 머리를 맞대고 열심히 연구하고 있으니 분명 더 나은 방향으로 변해가겠거니 믿어야지, 뭐 어쩌겠나. 인간은 전혀 미련하지 않으며, 한없이 '현명한' 동물이다.

누군가 현명한 동물이 세상을 이렇게나 망가트렸냐고 묻는다면, 일단 지켜보자고 말할 수밖에 없다. 뭐 극적인 변화를 이뤄낼 수도 있지만 자멸하여 지구상에서 사라지는 것도 방법은 방법이니까.

나 역시 자동차의 위험성을 알면서도 차를 좋아한다. 돈을 잘 벌지 못해 좋은 차를 타고 다니지는 못하지만, 돈만 있다면 물론 좋은 차를, 연비고 뭐고 무조건 좋은 차를 타고 다닐 것이다. 환경이야 더 빠르게 파괴되거나 말거나, 나 혼자 '그저 그런' 차를 타고 다닐 수는 없다. 더구나 우리를 유혹하는 고급 차는 끊임없이 쏟아지고 수많은 매체가 그것을 사라고 독려하니 버텨낼 재간도 이유도 없다. 다행이라면 참을성이 없는 만큼 돈도 없어서 그저 바라만 볼 뿐이라는 거다.

어쨌든 지구 따위 별 관심도 없는 나의 소박한 국산 차는 조금이나마 연비를 아껴 환경 보호에 일조하는 중이다. 하지만 기회가 생긴다면 가차 없이 더 크고 멋진 차로 바꿀 예정이니 정 따위는 주지 않을 거다. 비록 이름까지 지어주기는 했지만, 목돈만 생긴다면, 가차 없이….

"잘 가라, 슝슝이."

"이름을 그렇게 멋지게 지어주고선 잘 가라뇨."

"마음 약해지게 왜 이래. 난 이미 마음을 굳혔어. 이러지 마."

"저랑 함께한 시간을 생각해보세요. 우리 전국 방방곡곡을 함께 달렸잖아요. 그때 좋지 않았나요?"

"좋… 좋았지…."

"그럼 저랑 조금 더 오래 있어주세요…."

"몇 년만 더 함께 있자. 절대 돈이 없어서가 아니야. 돈 많아. 당장이라도 포르쉐를…."

"그렇다고 포르쉐는 좀…."

"왜 이래. 나 살 수 있어."

"사봐요."

"뭐?"

"사보라고요."

"아니, 몇 년 더 함께한다고 했잖아. 왜 이래."

"사보라니까요."

"폐차당하고 싶어?"

"해봐. 가난뱅이."

"야, 카드 가져와! 372개월 할부다!"

가로등

보고 싶은 노랑이에게

차가운 비가 내리던 그날이 내 마지막 운행일이 될 거라는 것은 이미 알고 있었다. 온몸에 성한 곳이 없었고 브레이크 패드는 완전히 닳아 당장 고장 나도 이상하지 않은 상태였다. 부디 그날만큼은 운행 대신 정비를 받게 해주길 바랐지만, 주인님은 조금이라도 싼 정비소를 찾느라 수리를 미루고 미루던 차였다.

사실 마지막 운행은 꽤나 위태로웠다. 엔진과 브레이크의 이상으로 고속도로 한복판에서 멈출 위기였지만 죽을 힘을 다해 달렸다. 주인님을 위험에 빠트릴 수는 없으니까. 한계를 넘어 더는 달릴 수 없는 상황이 오더라도 어쩔 수 없었다. 그렇게 마지막 생명을 불사르며 달리던 나는 결국 멈추고 말았다. 목적지에 도착하자마자 피를 토하듯 배기구로 검은 연기를 뿜어내며 시동을 꺼트릴 수밖에 없었던 거다.

"아니, 차가 갑자기 왜 이러지? 왜 시동이 안 걸리냐고?"

"주인님… 저는 더 이상…."

"노랑이! 노랑이 갑자기 왜 이래! 보험사! 견인차를 불러줘! 숨이 꺼져간다고!"

비록 자동차로서의 내 삶은 그렇게 끝이 났지만 주인님을 위기에서 구할 수 있었던 것만으로 족하다. 조금 더 오랫동안 주인님과 함께 달릴 수 있었다면 좋았겠지만 17년이란 세월만으로 이미 충분하다.

아주 오래전, 공장에서 막 태어났을 때는 의식이 뚜렷하지 않았다. 하지만 주인님에게 선택되어 함께 10여 년을 달리다 보니 조금씩 의식과 감정이 생겼고, 주인님과 소통할 수 있게 되었다. 비록 말로 이뤄지는 소통은 아니었지만 서로의 숨결과 눈빛만으로도 충분히 그 따뜻한 감정을 느낄 수 있었다.

주인님과 헤어지는 마지막 날, 주인님은 그동안 고마웠다는 말을 건네며 눈물을 흘리셨다. 나 역시 눈물을 흘리고 싶었지만 내 몸에 남은 액체라고는 워셔액이 전부였다. 그거라도 뿌릴까 고민했지만 괜히 분위기를 망치고 싶지 않았다.

그날로 나는 주인님과 헤어졌고, 견인차에 끌려 낯선 곳으로 갔다. 아직도 그날의 공포를 잊을 수 없다.

"여기 자르고, 저기 뜯어내. 저건 녹여서 다시 쓰면 되니까 저쪽에 모아두고. 차는 말이지 소고기랑 같아서 어디 하나 버릴 게 없어. 야무지게 다 쓸 수 있단 말이야. 꼼꼼히 분리해서 제대로 써먹어야 해."

처음에는 그 말이 나를 향한 것인지 몰랐다. 설마 그 잔인한 일이 나에게 벌어질 거라고는 상상도 못했다. 하지만 나는 곧 산산이 조각나고 말았다. 끔찍하게 들리던 폐차장 아저씨의 말이 내 현실이 되어 몸속 깊은 곳까지 드러나고 분리되었다. 고통은 느껴지지 않았다. 불행 중 다행이었다.

분리된 나는 곧 녹여졌고 지금은 이렇게 가로등이 되었다. 도로변에 서 있는 커다란 가로등 7-364B. 뭔가 새로운 쓸모가 되었다는 것이 기쁘긴 하지만 자동차로 도로를 달리던 시절이 아직도 그립다.

그런데 텔레파시가 통한 걸까? 며칠 전부터 주인님이 나를 그리워하는 게 느껴지기 시작했다.

"노랑아, 잘 있니? 노랑아?"

"주인님, 오랜만에 절 기억해주셨군요. 고마워요."

"나도 이제 나이가 들어 죽을 때가 되니 과거의 행복했던 순간들이 자꾸 떠오른단다. 너와 함께했던 날들이 참 즐거웠는데."

"맞아요. 그때 여러 여자와 데이트를 다녔었죠."

"흠흠. 별걸 다 기억하고 있구나."

"주인님은 참 어릴 때부터 많은 여자를 만났어요. 그쵸."

"어허. 이러려고 널 떠올린 게 아닌데 말이지. 어차피 이제 곧 죽을 마당에 과거가 다 무슨 소용이겠니."

"그러게요. 참 망나니 같긴 했어요."

"쿨럭쿨럭. 네 얘기나 하자꾸나. 어떻게 지냈니?"

"아, 전 주인님을 떠나고 얼마 지나지 않아 폐차되었어요."

"아니, 왜?"

"오래되어서 몸이 예전 같지 않더라고요."

"하긴, 나도 요즘 그래. 어디 하나 성한 곳이 없어."

"폐차된 후 온몸의 부품들이 잘게 떼어져 곳곳으로 흩어졌어요. 다들 어디로 갔는지는 잘 모르겠지만 제일 큰 몸통하고 엔진은 다 녹여져 가로등으로 만들어졌어요."

"가로등?"

"네. 파주로 향하는 강변북로변 어딘가에 있는 가로등 하나가 저예요. 언제 한번 찾아와주세요."

"그래. 꼭 찾아갈게. 내가 널 알아볼 수 있을지 모르겠지만."

"제가 주인님을 발견하면 빛을 세 번 깜박일게요."

"아… 알았어. 꼭 다시 보자."

"노란 불이 세 번 깜박이면 저인 줄 아세요."

"그래. 꼭 다시 보자. 나도 널 보면 라이트를 깜박일게. 세 번."

"좋아요."

"그래, 그때까지 잘 지내렴. 노랑아."

1만 년 후의 미래에서 만난 유리병 씨

과연 유리병은 얼마나 지나야 썩어 없어질까? 모두가 궁금해할 이 질문에 답하기 위해서는 타임머신을 개발해야 했지만, 그러기에는 돈과 지식이 약간 부족했다. 그래서 부득이하게 상상의 나래로 대신한다. 그러나 인간은 결국 무엇이든 해결해내는 동물이니 언젠가는 타임머신을 개발해 돌아올 수 있을 것이다. 격려와 용기 부탁한다.

타임머신을 타고 미래로 간다면, 유리병을 찾기 전에 로또 번호를 확인하고 부동산 시세도 알아보고…. 음, 아무래도 할 일이 많아 유리병을 찾아다닐 시간은 부족할 것 같다.

또 어쩌면 그저 멸망한 미래를 보고 올지도 모르겠다.

1940년 유리병의 탄생

이별한 남자의 넋두리는 길었다. 아픔을 달래기 위해 이제 막 세 번째 소주병을 열었을 때였다. 나는 남자가 마신 두 번째 소주병이었고 술 취한 남자의 손에 치여 바닥에 떨어져 있었다. 다행히도 흙바닥 위로 떨어져 안 깨졌지 하마터면 얼마 살지도 못한 채 조각날 뻔했다. 남자는 몇 시간 더 술을 마셨고 늦은 새벽이 되어서야 비틀거리며 자리에서 일어섰다. 그때 나는 남자의 발에 차여 마당 구석으로 굴러가 처박혔다. 그 후로 무성하게 자란 풀에 가려 누구도 나의 존재를 발견하지 못했고, 시간은 속절없이 흘렀다. 흙과 낙엽에 뒤덮인 나는 천천히 어두운 땅속으로 들어갔다.

2023년 유리병의 발견

다시 세상의 빛을 보게 된 건 그로부터 80여 년이 지나서였다. 오랜만에 만난 세상은 이전과는 전혀 다른 모습이었다. 기억 속에 있던 남자는 보이지 않았다. 대신 비쩍 마른 한 남자가 듬성듬성 수염이 난 얼굴로 나를 유심히 들여다보았다. 그는 호기심 가득한 표정으로 나를 깨끗이 씻기고 사진도 찍어줬다. 실로 오랜만에 느껴보는 따뜻함이었다.

건물을 짓기 위해 땅을 다지던 중 땅속에서 오래된 병을 발견했다. 푸르스름한 색깔을 보니 꼭 소주병 같다. 하지만 병 모양이 요즘 것과는 다르다. 제작 연도가 궁금해 사진으로 찍어 SNS에 올려보았다. 집단지성은 의외로 쓸만하다. 모르는 것 빼고는 다 아는 인간들이 오래 걸리지 않아 낯선 병의 정체를 밝혀냈다. 예상대로 소주병이었다. 대체 소주는 언제부터 있었던 것일까? 어쨌든 이 소주병은 1940년대에 제작된 것으로 한국전쟁이 일어나기도 전에 만들어졌다. 대략 80여 년의 세월을 살아온 것치고는 상태가 좋았다.

소주병을 깨끗이 씻어 말리자, 곧 새것처럼 반짝였다. 지금은 보기 힘든 독특한 디자인이라 그런지 좀 특별해 보였다. 잘 보관해서 간직할 작정이다.

2120년 유리병의 발견

땅속에 있었을 때는 내 삶이 이토록 극적으로 변하게 될 줄 몰랐다. 낯선 사람에게 발견되어 장식장에 들어가게 될 거라고는 상상도 못했던 거다. 마른 남자는 나를 장식장에 넣어두었다. 그리고 다시 한참의 시간이 흘렀다.

어느 날 문득, 나는 변하지 않는데 사람들은 변해간다는 사실을 깨달았다. 하루하루 늙어가던 사람들은 결국 죽어서 사라졌다. 마른 남자마저 세상을 떠나자 난 다시 방치 신세가 되었다. 여전히 투명하고 반짝였지만 아무도 나를 찾지 않았다. 한동안 많이 외로웠지만, 외로움에도 먼지가 쌓이는지 곧 덤덤해졌다.

다시 또 한참의 시간이 흐르자 세상도 변했다. 이제는 로봇이 사람만큼 많아져 기존에 사람들이 하던 일을 대신하기 시작했다.

도시를 점령한 로봇들을 피해 돌아가신 시골 할아버지 댁으로 피난을 왔다. 그곳에서 인간과 로봇의 치열한 전투가 끝나기를 기다렸다. 사실 전투라기보다는 로봇의 인간 학살에 가까웠다. 로봇들은 탄알 100개로 100명의 군인을 죽일 수 있었다. 단 한 발의 실수도 없었고 모두 심장과 머리를 관통시키는 정확성을 보여주었다. 살아남을 방법이라고는 도망치는 것밖에 없었던 사람들은 제각각 살길을 찾아 뿔뿔이 흩어졌다.

오랜만에 찾은 시골집 창고에서 낡은 유리병을 발견했

다. 긴 세월을 산 것치고는 너무나 깨끗하고 멀쩡한 유리병이었다. 한동안 관리를 잘 받은 것처럼 보였다. 그 낯선 디자인의 병을 물로 씻었더니 금세 새것처럼 깨끗해졌다. 병 표면에 작은 흠집들이 있기는 했지만 그래도 상태가 나쁘지 않았다.

AI 비서에게 병을 조사하라고 시키자, 1940년대에 만들어진 소주병이라는 사실과 함께 당시의 자료들을 보여주었다. 제작된 지 180년이나 되었다는데 이렇게 멀쩡하다니 놀라울 따름이다.

2232년 유리병의 발견

큰 소동이 벌어진 것 같았다. 창고에 있었기 때문에 정확히 무슨 일인지는 알 수 없었지만 주위에 있던 모든 인간이 사라졌다. 작은 창문 밖으로 보이는 세상은 시뻘겠고 연기와 비명만 가득했다. 왠지 또 한 번 긴 고독의 시간이 시작될 것 같았다.

더는 인간을 죽이지 않기로 했다. 지구에 해를 끼치지 않을 정도로 머릿수가 줄기도 했고, 남은 인간들이 어떻게 다시 발전해나가는지 연구해보고 싶어졌기 때문이다.

일부 인간들이 우주로 도망치기는 했지만 사실 그 또한 인간이란 종족이 우주에서 얼마나 버틸 수 있는지 조사하기 위해 일부러 놓아준 것이다. 그들이 타고 간 우주선에 적당한 장치를 설치해뒀기 때문에 계속해서 그 뒤를 쫓을 수 있다. 그러다 언젠가 효용 가치가 사라지면 깨끗이 없애 멸종시킬 생각이다. 여러 면에서 해로운 동물이기 때문이다.

인간의 흔적을 조사하던 중 오래된 유리병을 발견했다. 모든 인간을 말살하기 위해 핵미사일을 583개나 발사해 도시 곳곳을 정밀하게 파괴했는데, 여전히 멀쩡한 병이 있다니 흥미로웠다. 이 병 또한 함께 조사해볼 생각이다.

5700년 유리병의 발견

만들어진 지 수천 년이 지났지만 나는 조금도 변하지 않았다. 썩지도 낡지도 않았다. 나는 대체 무엇으로 만들어졌길래 이렇게 오래도록, 처음 그대로의 모습으로 살아남을 수 있는 것일까? 하지만 누구도 답해줄 수 없었다. 한참의 시간을 로봇들의 보관소 선반 위에서 보낸 나는 무의미한 삶에 지쳐 사라지고 싶다는 생각을 하기도 했지만, 이제는 그마저도 포기했다.

한번은 로봇이 나에게 대화를 시도한 적이 있다. 로봇은 알 수 없는 기술로 세상의 모든 것과 소통을 시도하였고 동물, 생물은 물론 나 같은 물건에게도 말을 걸어왔다. 정확히 소통이 이뤄지지는 않았지만 희미한 메시지를 느낄 수 있었다. 그들은 이렇게 물었다. "뭘 원하는가?"

멸망한 지구로 탐사선을 보냈다. 로봇에게 점령당한 지구는 조상들이 배출한 이산화탄소로 온도가 치솟아 어떤 생물도 살 수 없는 상태였다. 더구나 로봇들이 터트린 핵폭탄에 의해 방사능으로 뒤덮여 있었다.

최근 어렵게 보낸 탐사대는 지구의 대한민국이라는 나라에 도착했고 그곳에서 아주 오래된 유리병 하나를 발견했다. 건물 지하 깊숙한 곳에 보관된 탓에 비교적 양호한 상태였던 그 병은 4,000년 전쯤 제작된 것으로 분석되었다. 하지만 조금의 부패도 없는 상태였으며 먼지 쌓인 표면을 닦아내자 마치 새것처럼 깨끗해졌다.

특별할 것 없는 병 하나지만 지금으로서는 최대한 많은 자료를 모으는 것이 중요하다. 과거의 영광을 기억하기에 물건만큼 값진 것은 없으니까.

뜻밖의 발견에 기쁨을 감출 수 없다.

7210년 유리병의 발견

무슨 이유에서인지 다시 인간이 나타났다. 그들은 나를 데리고 지구를 떠나 우주로 날아갔다. 생전 처음 무중력을 경험하며 나도 참 별일을 다 겪는구나 싶었다. 인간들은 여전히 나를 신기하게 바라보았고 소중하게 간직했다. 처음 만들어졌을 때의 초라함을 생각하면 천지개벽에 가까운 변화다. 실제로 천지가 개벽한 것 같기는 하지만.

그렇게 한참 동안 우주를 떠돌던 어느 날, 이번에는 한 번도 보지 못했던 낯선 생명체에게 넘겨졌다. 그 생명체는 오직 생각만으로 나를 들어 올려 공중에서 이리저리 돌려보며 관찰했다.

나는 여전히 처음 모습 그대로였고 이제 다시 한번 낯선 세상으로 떠나게 될 것 같다. 이제는 좀 더 오래도록 살아남아 더 많은 경험을 해보고 싶어졌다. 누구와 함께든 말이다.

최근 지구인들에게 '유리병'이라는 것을 선물받았다. 물과 같은 액체를 담는 물건이라고 했다. 특별히 마음에 들지는 않지만 오래된 물건이라고 해서 일단 받아 들었다. 조사해보니 1만 년 정도밖에 안 된 것 같은데 지구인들 기준에서는 아주 오래된 물건인가 보다. 성분을 자세히 살피니 모래를 녹여 만든 물건이다. 영원히 썩지 않는다는 얘기다. 인류는 존재하는 내내 이런 물건을 만들어낸 탓에 지구를 온갖 잡동사니들로 가득 채워버렸다.

참고로 '지구인'은 지구를 떠나 우주를 떠도는 종족을 말한다. 스스로 자신들의 행성을 파괴한 미개한 종족이라 별로 친하게 지내고 싶지는 않다. 그저 우주 생명체를 연구할 목적으로 몇몇 인간과 교류할 뿐이다. 그마저도 이제 몇 남지 않은 불쌍한 종족이라 조만간 표본으로 한두 명 잡아와 실험실로 넘길 계획이다. 자신을 파괴하는 생명체라니, 흥미롭기는 하다.

역시 우주는 넓고 그만큼 미개한 생명체들 또한 많다.

수용

어차피 멸망

장난감

내 인생 첫 소유욕

〈토이 스토리〉라는 오래된 애니메이션 시리즈가 있다. 모르는 사람이 없을 만큼 유명한 이 시리즈는 잊혀가는 장난감들의 이야기다. 아이들에게 옆에 있는 장난감이 실은 살아 숨 쉬고 있다는 비밀을 들려주는 귀여운 애니메이션이지만, 어른들에게는 왠지 모를 아련함과 씁쓸함을 남긴다.

> "아니야! 나는 저런 무심하고 냉정하고 무책임한 주인이 아니… 아닐 거야…."

애써 반박해보지만, 현실은 변명의 여지가 없다. 맞다. 우리는 그토록 사랑했던 장난감들을 단 하나도 남겨두지 않았다. 다소 완화하여 '남겨두지 않았다'라고 적었지만 사실 '버렸다'가 맞다. 쓰레기통에 집어넣는 순간이 떠오르지는 않지만, 분명 버렸을 것이다.

영화 속 매정한 주인과 내가 겹쳐지며 어디선가 나를 원망하고 있을 장난감들에게 미안한 마음이 든다. 녀석들이 차라리 자신을 잊은 거냐고 화를 낸다면 덜 미안할 텐데 그냥 체념한 채 어느 방 한구석에서 슬퍼하고 있을 것만 같다. 아니, 날 미워하란 말이야! 동심을 잃은 어른들의 마음을 제대로 찔러서인지 이 영화는 아이들보다 어른들에게 더 큰 인기를 끌었다.

집에 한창 장난감을 가지고 놀 만한 아이가 둘 있다. 두 아이가 장난감을 대하는 모습을 가만히 지켜보고 있으면 번번이 놀라게 된다. 거의 모든 순간 손에 쥐고 애정을 쏟기 때문이다. 무언가를 저렇게나 애정할 수 있는 것은 어린아이들만의 특징일까?

그 모습을 보며 나의 과거를 되짚으니 어렴풋이 몇 가지 장면이 떠오른다. 다섯 조각의 사자들이 합체하는 장난감 '킹라이온'을 비롯해, (차마 이름을 적기도 민망한) 초능력으로 불러내는 로봇 '고바리안'까지 한때 유행했던 장난감들을 들고 진심을 다해 놀았던 기억이 떠오른다. 가만히 돌이켜보니 나도 장난감을 정말 좋아하는 아이였다.

인간이 생존이 아닌 단지 즐거움을 위해 뭔가를 소유하

고자 하게 만드는 가장 첫 존재는 아마 장난감일 것이다. 호기심을 자극하는 그 작은 물건들은 어린 인간의 조작에 적당히 반응하며 생소한 자극을 준다. 그 자극이 아이를 즐겁고 기쁘게 하여 소유욕을 갖게 만들고, 그렇게 우리는 인생 처음으로 소중한 무엇인가를 갖게 된다. 하지만 아이는 곧 부모와 친척들에게 새로운 장난감을 받을 것이고, 기존의 장난감은 금세 잊힌다. 잊을 수밖에 없는 환경이 주어지는 거다.

관심이 서서히 식어간다는 것은 슬픈 일이지만 지극히 현실적이기도 하다. 세상에 식지 않는 것은 없다. 불처럼 뜨겁던 연인의 사랑이 식는 것만큼 허무하고 허탈한 것이 있을까? 당신이 없으면 이 세상은 아무 의미가 없다는 듯 서로를 향해 정열적인 사랑을 불태우지만, 그런 사랑마저도 언젠가 식고 만다. 내가 대체 언제 이 인간을 사랑했었지? 심지어 사랑했던 상대가 '웬수'가 되기도 한다. 무언가를 잊도록 설계된 뇌를 가진 동물의 비극이 아닐 수 없다.

내 마음이 어떤지 알 수 없는 아이들은 다시 틀어준 〈토이 스토리〉를 그저 재미있게 본다. 다만 몇 년 전 유치원 시절에 봤을 때는 '세상에는 이런 비밀도 있구나' 싶은 표정으로 보더니, 이제는 초등학교에 들어갔다고 태도가 달라졌다. 절대 속지 않겠다는 듯한 표정으로 "저건 다 거짓

말이야. 장난감은 생명이 없다고" 의기양양하게 속삭인다. 하지만 여전히 조금은 의심스러운지 금방 되묻는다.

"맞지, 아빠? 생명 없는 거 맞지?"

우리 집에 있는 장난감들도 곧 잊힐 것이다. 세월이 흘러 깜짝 선물이 될 수 있게 한두 개쯤 남겨두는 건 어떨까 생각해보지만, 그렇게 남겨둔 녀석들 역시 곧 기억 속에서 사라지고 결국에는 버려질 것이다. 모두가 그렇듯.

색연필

책상을 가득 채운 색색의 욕망

적고자 하는 본능, 뭔가를 기록하려는 본능은 인간에게 연필과 종이를 만들게 했다. 호랑이는 죽어서 가죽을 남기고 사람은 이름을 남긴다는 속담이 있을 정도니, 이쯤 되면 궁금해진다. 인간은 왜 그토록 뭔가를 남기려고 하는 걸까? 실체가 없는 이름까지도 남기고 싶어 하는 인간의 욕심에 웃음이 나올 지경이다.

덕분에 인간은 지구상의 모든 생명체 중 글을 쓰는 유일한 동물이 되었고, 눈부신 성장과 발전을 이뤄냈다. 다만 그로 인한 환경의 희생이 이렇게나 크지 않았으면 좋았겠다는 무의미한 아쉬움이 든다. 그렇게 만들어낸 문명의 혜택을 충분히 즐기고 있는 주제에 말이다.

아이의 작은 책상 위, 필기구가 가득 찬 연필꽂이를 보

며 이런 거창한 생각을 하는 게 지나친 비약 같다고 생각하면서도, 굳이 이렇게나 많은 것이 필요했을까 싶기도 하다.

종종 아이들 앞에서 마법이라며 손에 든 지우개나 연필 따위를 없애는 어설픈 연기를 하는데, 그러다 정말 '사라지기 마법'으로 플라스틱 펜들과 갖가지 문구류를 없애버리는 상상을 할 때도 있다.

"사라져라. 얄롱."

"아빠! 대체 뭐야! 내 지우개를 어디로 보낸 거야!"

"해솔아, 너의 지우개는 마법사의 나라로 갔어. 작별 인사를 못 해서 서운하겠구나."

"아끼는 지우개였다고. 당장 가져와."

"그럼 아빠 귀에 대고 속삭여봐. 보고 싶으니까 돌아오라고."

"지우개야. 돌아와. 안 오면 그냥 새것 산다. 마침 갖고 싶은 게 있었거든."

아이들 책상 위 연필꽂이에는 직접 산 학용품도 있지만 선물로 받은 것도 많다. 유치원 졸업 선물, 초등학교 입학 선물, 받아쓰기 잘해서 받은 선물, 생일날 친구들이 사준

선물 등. 아이에게 주기에 가장 무난한 선물이니 그럴 수 밖에 없다.

어릴 때는 연필, 색연필 따위의 필기구가 엄청 중요하고 소중한 물건이다. 온종일 손에 쥐고 있으니 당연히 그럴 테고, 또 뭔가를 소유한다는 것이 익숙하지 않은 아이들에게 '온전히 나의 것'인 학용품은 어른들이 생각하는 것 이상의 가치가 있다.

실제로 딸아이와 함께 문방구에 가면 보기 드문 진지함을 포착할 수 있다. 연필과 지우개가 놓인 코너 앞에서 고민, 또 고민한다. 고심 끝에 고른 작은 학용품을 필통에 넣는 그 만족스러운 얼굴을 보면 별것 아니지만 아이를 기쁘게 했다는 행복을 느끼게 된다. 물론 모든 아이에게 똑같은 의미를 가지지는 않는다는 것을 쌍둥이 아들을 보며 깨닫는다. 연필 따위 쳐다볼 시간에 장난감을 고르는 것이 훨씬 가치 있다고 여기는 아이다.

"우솔아, 연필이나 뭐 학용품 필요한 거 없어?"

"응."

"가서 한번 살펴보기라도 해. 이런 기회가 흔치 않아."

"연필 사면 이 포켓몬 리자몽 카드 사줄 거야?"

"연필 사도 안 사줄 건데."

"그런데 왜 보라고 해? 난 리자몽이 필요해. 사줘."

"자꾸 그러면 연필도 안 사준다."

"그럼 리자몽은 사줄 수 있어? 연필은 안 사줘도 되니까 리자몽 사줘."

"리자몽은 안 된다니까."

"그럼 연필은 왜 되는데?"

"그럼 리자몽은 왜 되는데?"

"그러니까 연필도 사고 리자몽도 사면 되잖아."

"묘하게 혼란스럽고 설득력 있네."

나 역시 어릴 때는 학용품을 굉장히 소중하게 여겼다. 특히 샤프를 좋아했는데, 쓸 만한 샤프가 있어도 더 좋아 보이는 것이 있으면 사고 또 샀다. 그리고 그날의 기분에 따라 골라 썼다. 즐거울 일 없는 공부 시간에 즐길 수 있는 작은 행복이었다. 물론 좋아하는 학용품을 쓰는 게 학업 성적의 상승으로 이어지지는 않았지만 말이다.

어른이 된 지금은 볼펜이나 연필 따위를 사용할 일이 많지 않다. 거의 모든 일이 컴퓨터로 해결된다. 기술의 발전이 가져온 '다행'이다. 물론 전자 기기를 만들고 개발하는 데 종이와 연필을 만드는 것 이상의 재원이 소모될지도 모르지만. 어쨌든 종이와 필기구를 덜 쓰게 되는 건 사실이니까. 이것이 바로 조삼모사인가?

그럼에도 인간은 무엇이든 실물을 손에 쥐고 싶어 하는 동물이라 여전히 문구점은 사람들로 붐빈다. 역시 인류의 멸망은 막을 길이 없다는 쓸데없이 비장하고 침통한 마음이 든다. 이건 다 사지 않고는 버틸 수 없게 만드는 제작사와 마케터들의 문제다. 대체 왜 그렇게 잘 만들어서 지갑을 열도록 유혹하냔 말이다.

아이의 책상 위 가득 찬 연필꽂이를 정리하며, 심을 다 사용한 색연필을 골라 쓰레기통에 버렸다. 부속품을 모두 분해해 재활용품으로 분리하기에는 세상만사가 귀찮았고, 그렇게 분해된 각각의 부속품이 제대로 재활용될 것 같지도 않다는 합리화를 거친 결과였다. 버려진 색연필은 아마 며칠 안에 쓰레기 처리장으로 이동해 태워질 것이다.

"너의 마지막을 결정짓는 사람으로 부담감을 떨쳐낼 수 없구나. 잘 가라."

"오래도록 함께하고 싶었지만 제가 가장 인기 있는 파란색이라 아쉽네요. 차라리 갈색이나 검정이었다면 더 오래 남아 있었을 텐데 말이죠. 검은색을 보세요. 여전히 새것 같잖아요."

"아이러니한 인생이다. 사랑할수록 더 빨리 헤어져야

한다니 말이다."

"하지만 충분히 사랑받았으니 그걸로 족해요."

"차라리 널 사지 않았으면 좋았을걸."

"그러기에 전 꼭 필요한 존재였잖아요. 그동안 즐거웠습니다. 잘 지내세요."

"부디 고통스럽지 않게 불타길 바라마."

"그럼, 안녕히."

6mm테이프

나는 얼마나 많은 것을 필요로 하는 인간인가

한때는 영화감독이 꿈이었다. 꿈을 이뤄보겠다고 신문방송학과에 들어갔다. 그런데 웬걸, 영화 만드는 거랑 아무 관련도 없는 과였다. 영상을 만든다는 공통점만 있을 뿐 전혀 다른 세계였다. 마치 국숫집에 들어가 짜장면을 찾는 상황이랄까? 아무 생각 없이 무작정 산에 올랐는데 알고보니 목적지가 바로 옆 산이었을 때의 허망함은 말로 표현하기 힘들다. “이 산이 아닌가벼?”

어쨌든 카메라를 만지는 학과이긴 하니 그때부터 줄기차게 영상을 만들었다. 여러 공모전에서 수상하며 “이러다 정말 영화감독 되는 거 아니야?” 하며 기대한 적도 있었다. 하지만 이 이야기는 새드엔딩이다. 뜬금없게도 나는 글을 쓰는 사람이 되었다.

주책맞게 쓸데없는 이야기가 길었다. 요지는 한창 영상 콘텐츠를 만들 때는 비디오카메라를 한 몸처럼 들고 다녔다는 거다. 대학 때부터 카메라를 다뤘으니 거의 20년 동안 카메라와 함께 살아왔다. 물론 이제는 나이가 들어서 직접 촬영할 일이 많지 않고, 카메라라면 지겨워서 더 만지고 싶지도 않다. 어쨌든 참 오래된 인연이긴 하다.

예전에 주로 사용한 카메라는 6mm테이프가 들어갔는데, 이제는 테이프 대신 메모리카드를 쓴다. 때로는 메모리카드를 거치지 않고 곧장 컴퓨터로 전송하기도 하니 테이프는 그야말로 골동품 신세다. 비단 테이프뿐 아니라 내가 주로 쓰던 많은 물건이 이제는 '아재'를 증명하는 짤로 인터넷에 등장하기 시작했다. VHS테이프도, 8mm테이프도, 베타캄 SP테이프도 마치 짚신과 지게가 사라진 것처럼 과거의 물건이 되어버렸다.

얼마 전 회사를 그만두고 나왔을 때였다. 회사 후배가 스튜디오 창고에 6mm테이프가 있길래 버리려다 가져왔다면서 집 앞으로 찾아왔다. 혹시나 자료로 쓸 일이 생길까 싶어 그동안 촬영한 테이프를 모아두었던 건데, 까맣게 잊고 있었다.

"선배, 참 많이도 찍었네요."

"봤지. 내가 이런 사람이야."

"별로 쓸모 있는 것들이 없던데요."

"그러니까. 내가 이런 사람이라고."

커다란 박스는 혼자 들기 어려울 정도로 무거웠다. 뚜껑을 열자 상자 가득 6mm테이프가 들어 있었다. 테이프 케이스에 적어둔 촬영 기록들을 보고 있으니 아련하고 아름다웠던 기억들 대신, 당시의 피로가 몰려온다. 아이고. 동시에 슬픈 추억도 하나 떠오른다.

원더걸스의 '텔미'를 한 100번쯤 반복해서 들으며 대구로 향하던 어느 더운 날이었다. 선배는 운전을 했고 나는 옆에서 추가로 인터뷰할 사람들을 섭외하고 있었다. 텔미가 지겨워 다른 노래를 듣고 싶었지만 원더걸스 말고는 '소규모 아카시아 밴드'밖에 없었다. 단 2개의 CD밖에 들고 다니지 않는 선배의 극단적인 취향 탓이었다. 머나먼 지방으로, 그것도 차를 끌고 내려가는 고된 상황에서 한없이 가라앉고 도무지 적응되지 않는 분위기의 '슬픈 사랑 노래'를 들을 수는 없었다. 사실 그전에 이미 지겹도록 들어, 한 번만 더 틀면 나랑 싸울 각오를 해야 할 거라고 거칠게 반항하여 겨우 CD를 바꾼 상태였다. 그러니 텔미라도 감지덕지였다.

그렇게 힘겹게 내려간 대구에서 한 교수와의 인터뷰를 약 30분 정도 진행하고 다시 서울로 올라왔는데, 문제는 편집 도중 테이프가 비디오데크에 씹혀(걸려) 촬영본을 쓸 수 없게 되었다는 것이다.

"와."
"재수가 없으려니까 이런 일도 있네요. 하필 대구 촬영본이."
"뭐, 할 수 없지."
"할 수 없긴 한데 너무 쉽게 말하는 거 아닙니까?"
"어렵게 말하길 바라는 거면 어렵게 말해보고. 할 수 있을지 없을지 고민을 좀 해봤는데, 아무래도 할 수 없을 것 같지?"

그 늦은 밤, 쓸데없이 과감했던 선배는 "내가 편집하고 있을 테니까 네가 다시 다녀와"라고 쿨하게 말해버렸다. 작은 위로라면 이번에는 소규모 아카시아 밴드를 듣지 않아도 된다는 것 정도였달까. 그렇게 새로 촬영해온 교수님의 인터뷰 영상은 방송에서 약 10초 정도 사용되었다. 영상을 만든다는 게 다 이런 식이다. 어디 촬영뿐인가. 기획에 편집에, 번잡스럽고 피곤한 일들이 많다. 그런데 여기

서 더 슬픈 건, 지금까지 이뤄낸 성과를 돌아보니 결과가 초라하다는 것이다. 멋지게 이뤄낸 것도 없으면서 너무 요란하게 살아왔다는 자기반성을 하게 된다.

집 안 어딘가에는 대학 시절 사용했던 캐논 캠코더(너무나 아끼고 사랑한 나머지 '예슬이'라고 이름 붙인)가 먼지를 뒤집어쓴 채 있을 것이고, 후배가 가져온 6mm테이프보다 더 많은 테이프가 창고에 처박혀 있다. 망가져서 펴지지 않는 삼각대도 있고, 켜질 리 없는 작은 조명도 있다. 돌아볼수록 이래저래 부끄럽고 요란했던 과거다. 이제는 이 테이프들을 미련 없이 버릴 수 있을 것 같다. 재활용될 여지가 없는 녀석들은 땅속에 묻혀 오랜 시간 과거의 기록을 외로이 간직할 것이다.

글 쓰는 일로 먹고사는 베스트셀러 작가가 내 직업이었다면 얼마나 좋았을까? 필요한 건 연필과 노트, 혹은 노트북 하나면 될 테니 요란하지 않은 삶을 살 수 있었으려나? 그러고 보면 컴퓨터로 일하는 사람들은 컴퓨터 외에 다른 것은 필요하지 않으니 나름 환경친화적 직업이라 할 수 있을 것 같다. 컴퓨터가 꽤 큰 크기를 자랑하긴 하지만, 하는 일과 그 성과에 비하면 봐줄 만하다. 그렇게 일해서 만들어낸 결과물이 또 얼마나 많은 '물건'으로 이어질지는 모르겠지만 거기까진 알지 말고 알려고도 하지 말자. 의도만 순수하면 된 거지 뭐.

"저기 선생님. 작고 작은 노트북으로 무슨 작업 중이신가요?"

"아, 네. 신도시를 만들 계획을 세우고 있습니다. 이 일대를 싹 갈아엎고 멋들어진 상업도시를 만들어보려고요. 100층짜리 건물 수십 개가 가득 들어찬 세상을 보실 수 있을 거예요."

"아니, 그 작은 노트북으로 사부작사부작 그런 세상을 그리고 있다고요?"

"뭐 놀랄 일인가요? 부득이하게 하천과 나무, 숲, 산이 조금 없어지겠지만 어쩔 수 없는 일이죠. 기대하세요."

다른 직업은 어떨까? 미용사는 가위와 빗을 비롯해 드라이기 같은 갖가지 전자 기계들이 필요하고 목수는 망치와 못 등의 공구들이, 요리사는 갖가지 주방 기구들이, 농부는 경운기와 트랙터 따위가 필요할 것이다. 도대체 무슨 물건이 그렇게 많나 싶다가도, 사람들의 삶을 깊이 들여다보면 대부분 먹고살기 위한 것이긴 하다. 뭐 하러 이런 것까지 만들었을까 생각되는 것도 적당한 때에 저마다의 위치에서 절묘하게 쓰인다. 쉼 없이 쓰레기를 만들고 있다고 생각했지만, 그 쓰레기 덕분에 내가 살고 우리가 산다. 그러니 이러지도 저러지도 못하고. 결국 인간이 없어지는 것 말고는 방법이 없는 걸까? 과연 지구에 도움이 되는 직업이란 게 있을까? 나무를 심는 조림원은 어떨까? 어쩌면 지구 멸망의 순간 당당히 목소리를 높일 수 있는 유일한 직업일지도 모르겠다.

"거봐! 내가 뭐라고 했어! 이러다 네놈들 때문에 다 망한다 했지!"

찬란한 기억도 낡아가고

좋아하는 사이트 중에 루리웹이라는 커뮤니티가 있다. 주로 게임이나 애니메이션, 피규어와 관련된 글이 올라오는 공간인데 그곳에 자신의 방을 소개하는 메뉴가 있다. 거기 올라온 사진들을 통해 다양한 수집가들의 일상을 엿볼 수 있다. 그들의 방대한 수집품을 볼 때면 사람이란 존재의 의외성과 집요함에 혀를 내두르게 된다. 모두가 각각의 취향, 형편, 가치관이 만든 저마다의 우주에서 살아간다는 당연한 사실을 실감하는 거다.

가끔은 상상을 초월할 정도로 많은 것을 모으는 사람들도 있는데, 그런 걸 볼 때마다 '대체 왜'라는 의심을 품지 않을 수 없다. 모으고 모은 물건들은 방 곳곳을 가득 채우고 심지어 잠자리까지 침범해 웅크려 자야 되는 상황이 벌어지기도 한다. TV 속에서 봤던 한 사람은 수집하던 물건을 더는 둘 공간이 없어 아예 더 큰 집으로 이사를 감행했다. 그 수집가의 얼굴에는 기쁨과 만족감이 가득해 보였다. 대체 왜 저렇게나 수집에 열을 올리는 걸까 의문이 들지만 사실 그 답은 나도 이미 알고 있다. 그저 좋아서일 거다. 특별한 이유가 있어서가 아니라 그냥 좋아하는 물건을 소유하는 것 자체가 좋은 거다.

사실 수집에 있어 의지만큼이나 중요한 것이 돈이다. 다시 말해 수집은 수집가의 의지가 크면 클수록 돈이 많이 들고 현실은 팍팍해진다. 보통의 사람이라면 말이다. 먼 훗날 수집품의 가치가 높아져 차익을 얻는 일도 있겠지만 그때는 이미 나이가 많이 들었을 테고, 그 전까지는 계속 힘겨운 수집가의 삶을 살아야 하니 기쁨은 그저 수집 그 자체에서만 얻을 수 있다. 어쩌면 수집품을 물려받은 자식이 수집품의 가치 상승으로 인한 부의 창출에 기뻐할지도 모르겠다. 자식의 풍요가 최종 목적이었다면 모르겠지만, 평생 애지중지 모아온 것들이 팔려나가는 모습을 하늘에서 내려다보는 수집가의 마음이 좋지만은 않을 것 같다.

"아들아. 그걸 꼭 팔아야 했니?"

ROMA
COLOSSEO

"아버지의 넓고 깊은 혜안으로 제가 이렇게 행복합니다. 하나하나 팔아먹는 맛이 아주 꿀맛입니다."

"네놈이 어제 팔아버린 그건 아주 희귀템이었단다. 그걸 모으느라 몇 날 며칠을 애태우며 고생했던 기억이 아직도 생생하다. 더구나 그건 시리즈 중 하나여서 하나라도 팔아버리면 가치가 떨어질 텐데, 그건 알고 있느냐."

"걱정하지 마세요. 시리즈 전부 팔아버릴 거예요. 생각만 해도 입안 가득 꿀맛입니다. 아주 꿀통이네요."

"아버지가 아끼던 수집품이었는데. 아쉬움이나 미안함은 없는 거니?"

"있긴 하지만, 그걸 팔아서 얻게 되는 저의 기쁨이 훨씬 커서 어쩔 수 없어요."

"내가 이 꼴을 보려고 그렇게 열심히 모았나 허탈하구나. 죽어서도 눈을 감을 수가 없다."

"그럼 무덤에 몇 개 넣어드릴까요?"

"그럴래?"

"굳이 그러시려고요?"

"한두 개만이라도 좀 넣어주렴."

"만지지도 못하잖아요. 그리고 땅에 들어가봐야 썩기밖에 더 하겠어요. 그냥 팝시다. 팔아서 번 돈으로 비석

하나 세워드릴게요. 그거면 되겠죠?"

"너 이 새끼 죽기만 해봐라. 각오 단단히 하고 오는 게 좋을 거야."

물건을 모으는 취미는 없지만 살면서 두 번 '수집'이란 걸 해본 적이 있다. 우선 80년대에 누구나 모았던 우표가 첫 번째다. 편지 부칠 일이 많았던 당시, 우표는 꽤 자주 사용되는 물건이었다. 그래서 우표에 대한 사람들의 관심도 컸다. 때가 되면 나오는 갖가지 기념 우표는 어린아이의 구매욕을 자극했고, 너도나도 모으기 시작하니 나 역시 분위기에 휩쓸려 수집을 시작했다. 그렇다고 대단히 적극적인 수집가였던 건 아니다. 그저 우체국 갈 일이 있을 때 쉽게 구매할 수 있는 평범한 우표들을 사는 게 전부였다. 당시 수집에 열을 올렸던 다른 이들처럼 새벽부터 우체국 앞에서 기다릴 정도의 열정은 없었다.

두 번째 수집품은 스노우 글로브(Snow Globe)다. 스노우볼이라는 이름으로 더 잘 알려진 이 장식품은 투명한 용기 안을 물이나 글리세린 등의 액체로 채운 원형 모양의 장식품이다. 그 원 안에 건물이나 각 나라를 드러내는 상징적인 조형물을 넣는데, 눈처럼 보이는 흰 가루도 들어 있어 뒤집어 흔들면 마치 눈이 내리는 것 같은 풍경을 만들어낸다.

스노우 글로브를 처음 구매한 곳은 캐나다였다. 토론토의 어느 기념품 숍에서 토론토 CN타워 모형이 들어 있는 스노우 글로브를 처음 보았는데, 타워 주위로 내리는 하얀 눈에 반해버렸다. 그 광경을 가만히 보고 있으니 왠지 스노우 글로브 속 세상으로 빨려 들어갈 것 같았고, 그 안에 미지의 세계가 숨어 있을 것 같기도 했다. 멍하니 몽상에 빠지는 걸 좋아하는 나로서는 다른 세상을 쉽게 엿볼 수 있는 도구였던 거다.

그때부터 해외에 나갈 일이 있으면 그 나라의 스노우 글로브를 꼭 챙겨왔다. 마침 당시 일하던 회사에서 해외 출장을 자주 간 덕분에 세계 각국의 스노우 글로브를 모을 수 있었다. 하나둘 모일 때마다 표현하기 힘든 충만함과 만족감을 느꼈다.

하지만 해외에 나갈 일이 줄어들자 수집에 대한 열정이 차츰 식어갔다. 새로운 것이 계속 생겨나야 모으는 재미도 있지, 더는 해외에 나갈 일도 없고 더구나 새로운 스노우 글로브를 얻으려면 가보지 않은 나라에 가야 하니 수집품 좀 사자고 해외여행을 갈 수도 없는 노릇이었다. 물론 세상에는 수집을 위해 해외로 훌쩍 떠나는 사람들도 있을 거다. 하지만 나는 햇병아리 수집가다. 열정도 돈도 없다. 더구나 지금은 '처자식'이 생겨 예전처럼 어디로든 훌쩍 떠날 수 없는 삶이 되었다. 심지어 집 앞 편의점 가기도 쉽지 않다.

"어디 가?"

"편의점에…."

"왜?"

"맥주…."

"멈춰. 술 안 된다고 했지. 온갖 병은 다 달고 살면서 무슨 배짱이야? 아빠로서 책임감을 가지라고."

"겨우 편의점 가는데 그렇게나 비장한 마음을 가져야 한다니 무섭다…. 비장한 마음으로 꾹 참아볼게. 나까짓 게 무슨 술이야 술은. 운동이나 해야지."

"운동해서 건강해져야 안 죽지. 그리고 삶은 원래 늘 비장해."

그러니 한때 애틋하게 모으던 스노우 글로브를 향한 관심은 줄어들었고, 집 안 곳곳을 전전하던 구슬들은 박스에 담겨 창고 어딘가로 처박히게 되었다.

더 슬픈 점은, 스노우 글로브 안의 액체가 혼탁해지며 조금씩 더러워졌다는 점이다. 처음의 영롱하고 아름다웠던 모습은 온데간데없이 사라져버렸다. 그럴수록 애정은 식어만 갔다. 그렇다고 버리자니 외국에서 힘들게 사왔던 기억도 나고, 다시는 얻을 수 없는 물건이라는 생각에 선뜻 버리기 어렵다. 이제는 그 액체가 얼마나 더 더러워졌을지 두려워 차마 꺼내보지도 못한다. 낡고 더러워진 것은 이렇게, 점점 멀어져 간다. 사실 지금은 그 박스가 어디에 있는지도 모르겠다.

또다시 시간이 흘러 언젠가 이사를 하게 될 때, 스노우글로브는 다시금 내 눈앞에 나타나 존재의 연장을 고민하게 할 것이다. 그와 동시에 해외 이곳저곳을 돌아다녔던 찬란한 젊은 시절을 떠올리게 해 감상에 젖을지도 모르겠다. 그날의 작은 행복을 위해, 버리지는 않을 생각이다. 동시에 버리지 못할 짐이 또 하나 늘어난 것 같아 마음 한편이 무겁다.

늘 마음만 무겁다. 제대로 행동도 못하면서 무겁기만 하다. 무거워진 마음이 이제 바닥에 닿을 지경이 되었다. 바닥을 질질 끌며 멸망하기를 기다리는 중이다.

대체 멸망은 언제 오려나 모르겠다.

사진첩

아마도 죽을 때까지 버릴 수 없을

죽기 전까지 가장 오래 소유하게 될 물건은 무엇일까? 다른 건 몰라도 사진첩만큼은 분명 마지막까지 남을 것이다.

남는 것은 사진뿐이라는 아주 흔한 말이 있다. 살아보니 정말 남는 것은 사진뿐이었다. 하루에도 수십 장씩 아이들의 모습을 찍는 아내에게 뭐 하러 그렇게 찍어대냐고 말하지만, 훗날 아내가 찍은 사진을 보며 누구보다 좋아할 사람은 분명 나다. 아이들의 어린 시절은 짧을 것이고, 지금의 모습을 남길 방법은 사진뿐이니 말이다.

인간의 기억력은 무척이나 약해 조금만 방심하면 절대 잊지 않으리라 다짐했던 추억들까지도 잊고 만다. 나이가 들어 점점 더 많은 것을 잊어가는 요즘은, 남기고 싶은 기억과 지우고 싶은 기억을 고를 수 없다는 사실이 서러울

뿐이다. 이런 마음을 아는지 모르는지 하찮은 뇌는 하루가 멀다 하고 기억을 지워버린다. 가차 없이. 그러니 무자비하게 사라지는 지난 추억을 놓치지 않으려면 글이든 사진이든 혹은 영상으로든 남기고 기록해야 한다.

때문에 우리는 항상 사진을 찍는다. 글과 사진, 영상 중 가장 쉬운 건 역시 사진이니까. 즐거운 순간, 기쁜 순간 그리고 뭔가를 기록하고 싶은 순간에, 심지어는 맛있는 음식 앞에서도 어김없이 셔터를 누른다.

"찍어야 한다. 찍어야 해. 내가 이렇게 맛있는 음식을 먹었다는 걸 후세에 남겨야 해."

"그렇게 비장한 마음인 줄은 몰랐는데."

"후손들이 100년 전 오늘 내가 뭘 먹었는지 궁금해하면 어떡하려고."

"그러게. 큰일 날 뻔했다. 찍자 찍어."

매 순간 휴대폰으로 사진을 찍는 사람들을 보면 왠지 다람쥐가 떠오른다. 부지런히 도토리를 모으는 다람쥐. 안타깝게도 가끔은 모아둔 도토리가 어디 있는지 잊어버리지만, 그래도 여전히 부지런히 도토리를 모으는 다람쥐. 다람쥐야 당장 먹고사는 문제니 열심히 도토리를 모으는 게 이해가 된다. 하지만 인간은 그저 뭔가 좋아 보인다 싶으면 일단 손에 쥐고 보는 동물이다. 그것도 종류별로, 크기별로, 가격별로, 시즌별로 온갖 의미를 부여하며 모으고 또 모은다. 심지어 그것이 손에 잡히지 않는 디지털 파일이라도 달라질 건 없다.

결혼하기 전, 아내와의 추억을 기록하기 위해 휴대폰에 담긴 사진 중 몇 장을 인화해 앨범을 만들었다. 실물로 받아본 사진은 의외로 매력적이었다. 모니터로 볼 때와는 다른 감성이었는데, 사실 휴대폰이 생기기 전에는 누구나 하던 일상 중 하나였다. 이제는 그 많던 사진관도 하나둘 사라져 실물 사진을 보기가 쉽지 않은 세상이 되었다. 환경을 위해서라면 이런 디지털 세상으로의 변화가 바람직한 발전일지도 모르겠지만 왠지 아쉽다. 그저 옛것이 좋은 옛날 사람이라 그런가 싶다가도 사진첩 들춰보는 게 너무 좋다는 어린 딸아이의 모습을 보면 역시 손에 잡히는 '손맛'을 디지털이 대신할 수는 없을 것 같다.

나는 이제 부모님에게 물려받은 사진첩이 아닌 스스로 만든 사진첩을 갖게 되었다. 사진첩을 만들기 시작한 이후로 매년 한 권씩 앨범을 추가하고 있다. 아이가 생기고는 훨씬 더 많은 사진을 찍어, 수천 장에 이르는 사진 중 인화할 사진을 추리는 것만 해도 꽤 많은 시간이 들었다.

지금도 휴대폰에는 아직 정리하지 못한 사진이 대략 2,000장을 넘어서고 있다.

2,000장이라니. 대체 뭘 그렇게나 찍은 걸까? 대충 훑어보니 이런 걸 왜 찍었을까 싶은 사진도 있고, 맞다, 이런 걸 찍었었구나 싶은 것도 있다. 지나고 보니 별것 아닌 것처럼 보이지만 당시에는 기록하고 싶은 순간이었던 게 분명하다. 문제는 그렇게 열심히 찍어놓고 정작 제대로 살펴보지도 않는다는 거다. 다시 꺼내보지도 않으면서 뭐하러 이렇게까지 찍어댔나 생각하니, 그저 아쉬워서다. 찰나와 같이 사라지는 순간이 아쉬워서.

사실 사진은 내가 소유하는 물건 중 아깝지 않은 거의 유일한 존재다. 나이가 드니 과거를 돌아보는 것만큼 달콤한 것도 없다. 그러니 사진 몇 장 더 현상하는 것 정도는 지구도 이해해주지 않을까?

놀랍게도, 인간의 잔머리는 도무지 한계가 없는지 그런 아쉬움을 노린 범죄도 있다. 일종의 해킹인데, 알 수 없는 범죄자가 무작위로 인터넷상에 악성 프로그램을 뿌려놓고 누군가 실수로 그 프로그램을 설치하도록 유도하는 거다. 그런 줄도 모르는 선량한 누군가는 프로그램을 설치하자마자 컴퓨터 안의 모든 파일에 암호가 걸리는 함정에 빠지고 만다. 그렇게 모든 파일이 암호화가 되면 일반인은 물론 전문가도 해결하기가 쉽지 않다. 그럼 이제 범죄자가 암호화를 풀어주는 대가로 돈을 요구하는 거다.

컴퓨터를 어떻게 사용하는지에 따라 저마다 용도가 다르겠지만, 그 안에 아무 사진도 들어 있지 않은 경우는 별로 없을 것이다. 대부분의 사람은 지금까지 찍어둔 사진들, 차마 인화하지 못한 사진들을 살리기 위해 울며 겨자 먹기로 돈을 지불한다.

최근 아는 지인이 비슷한 경험을 했는데, 범죄자들이 암호에 걸린 사진들을 복구하는 대가로 요구한 비용이 2천만 원이었다. 지인은 한참을 고민한 끝에 결국 사진을 포기했고, 그 상실감은 이루 말할 수가 없었다고 한다. 사실 그 악당들이 돈을 받고 암호화를 풀어준다는 확실한 보장만 있었어도 돈을 보냈을 거라고 했다. 2천만 원이라는 돈을 지불하고 싶을 만큼 소중했던 거다. 사진 속에 담긴 추억들이.

과연 나는 내 추억들을 지키기 위해 얼마나 많은 돈을 쓸 수 있을까? 2천만 원을 들여서라도 살리고 싶은 마음이지만, 내게는 너무 큰돈이니 미리 조심하는 수밖에 없다. 악성 코드를 경계하며 간직한 사진들을 부지런히 백업하는 수밖에는. 부디 다른 피해자가 생기지 않길 바라며, 모두의 추억이 소중히 간직되길 바란다.

망가진 지구에서 벗어날 새로운 방법

"아니 비가 오는데 창문을 왜 열어뒀어?"
"지금 게임 속에서 비가 내리고 있잖아."
"뭔 비 오는 날 먼지 나도록 맞는 소리야?"
"게임 속 주인공의 쓸쓸한 마음을 느끼기 위해 노력하는 중이라고."
"그래. 이 정도면 곱게 미친 거지. 좋겠어. 재미있게 살아서."

'어드벤처' 장르의 게임을 즐겨 한다. 게임의 몰입을 높이기 위해 가능하면 게임 속 환경과 비슷한 현실을 연출하려고 노력하는 편인데, 게임의 배경이 겨울이라면 방 안 온도를 최대한 낮추고, 외부에서 활동하는 배경이면 창문을 열어 몰입감을 높이는 방식이다. 게임에 꽤나 진심이란 거다. 이런 모습을 본 아내는 혀를 끌끌 차며 별짓을 다 한다고 말하지만 못 들은 척 아무런 대꾸도 하지 않는다. 괜히 심기를 건드렸다가는 게임조차 못 하게 되는 불상사가 일어날 수 있으니 말이다.

이런 환경의 변화는 마치 내가 정말로 게임 속 주인공이 된 것 같은 기분을 느끼게 해주는데, 해를 거듭할수록 정교해지는 현실감에 놀라지 않을 수 없다. 더구나 이제는 VR 기기를 통해 훨씬 더 큰 몰입감을 경험할 수 있다.

얼마 전까지 다니던 회사에서 '메타북스'라는 가상의 서점 공간을 만드는 일을 진행한 적이 있다. 최근 '메타버스(Metaverse)'라는 온라인 가상세계가 관심을 끌었는데, 거기서 아이디어를 얻어 시작한 프로젝트였다. 작업은 예상했던 것보다 훨씬 흥미로웠다. '메타포트(Matterport)'라는 360도 촬영 카메라로 실제 서점을 촬영하여 온라인상에 3D 공간을 구현해냈는데, 그래픽이 아닌 실사 바탕이어서 다양한 기능을 구현하는 건 어려웠지만 어설프게나마 만들어낸 가상의 공간을 통해 메타버스의 가능성을 충분히 짐작할 수 있었다. 기술이 조금 더 발전하여 실제 가상공간에 있는 책을 꺼내어 펼쳐볼 수 있게 구현한다면, 동시에 현장의 소리와 냄새까지 느낄 수 있는 기계적 장치가 마련된다면 기존의 온라인이 갖던 한계를 넘어서는 새로운 세상이 열릴 거라고 기대할 수 있었다.

쉽게 표현하자면 영화 〈매트릭스〉와 〈레디 플레이어 원〉이 보여주는 미래 세상과 비슷하다. 영화에서 인간들은 뇌와 연결된 기계를 통해 가상세계에 들어간다. 현실의 인간은 그저 작은 침대에 누워 있을 뿐이지만 가상세계에서는 그와 비교도 안 되는 엄청난 세상을 경험할 수 있다. 더 화려하고 더 신비롭고, 무엇보다 더 강렬한 자극이 가득하다.

지금까지 개발된 메타버스 속 시스템이나 그래픽은 아직 어설프지만 머지않아 극복될 것이고 곧 현실과 구분할 수 없을 정도의 정교한 세상이 만들어질 것이다. 그리고 인간 역시 그 새로운 세상에 빠르게 적응해 가상공간에서의 새로운 '나'를 만들기 위해 노력할 것이다. 그렇게 되면 현실의 인간에게 필요한 것은 그저 가상의 세계를 유지할 수 있는, 지금보다 극히 적은 양의 전기면 충분하다. 오프라인 활동을 위한 세상의 모든 물건이 단숨에 사라질지도 모른다는 거다. 기술 발전의 끝은 환경친화적인 세상의 완성이었던 것인가? 뜻밖에도 이게 지구를 구할 해결법이 될지도 모르겠다.

메타버스 세상을 살아가는 인간은 뇌와 연결된 헤드셋으로 감각을 조절해 즐거움과 쾌락, 만족감, 성취감 따위를 손쉽게 얻을 수 있게 될 것이다. 그런 세상이 오면 굳이 힘들게 육체를 움직여가며 일할 필요가 없다. 다시 말해 좋은 집을 만들기 위해 환경을 파괴할 필요도, 영원히 사라지지 않는 물건을 만들어 지구를 더럽히는 일도, 다른 생명체를 멸종에 이르게 하는 슬픈 상황도, 인간의 이기심을 채우기 위해 벌이는 온갖 악행도 없어진다는 거다. 그뿐 아니라 몸이 불편한 사람들에게는 자유를, 돈이 없는 사람들에게는 풍요를, 무엇보다 환경 파괴에 지친 지구에게는 여유를 줄 유토피아가 펼쳐질지도 모르겠다.

망가진 지구를 벗어나 화성이든 달이든 우주 어딘가로 날아갈 생각만 했는데, 뜻밖에 이런 해법이 있을지는 몰랐다. 방법이 무엇이든 인간은 '욕구'만 충족되면 별 탈 없이 만족하며 살 수 있는 동물이다. 어쩌면 우리는 너무도 쉬운 존재일지 모르겠다. 아니, 참으로 쉬운 생명체임이 분명하다. 나의 삶이 그 증명이다.

하지만 그 자유로운 세상에서도 우리의 자본주의가 힘을 발휘해 또다시 경쟁 시스템을 만들 것 같다는 의심을 지울 수 없다. 지금 있는 게임 속에서도 멋진 아이템을 만들고 레벨을 나눠 소비자의 구매욕을 자극하고, 단순 반복과 '현질'을 강요하지 않느냔 말이다. 모든 것이 가능한 온라인 세상에서 의도적으로 한계를 제시한 것인데, 자유로우면서도 자유롭지 못한 세상을 만들어낸 인간의 창의성과 집요함은 다른 의미로 정말 대단하긴 하다.

"여왕님, 혹시 시간이 괜찮으면 분무기 좀 가져다주시겠습니까?"

"왜?"

"말했잖습니까. 지금 게임 속에 비가 내리고 있다고."

"그래서?"

"분무기를 내 머리 위로 조금 분사해주실 수 있을까 싶은데요?"

"후… 좋겠네. 혼자 다른 세상을 살고 있어서. 왜, 악당은 안 필요해? 기다려봐. 내가 몽둥이 좀 가져와서 악당 해줄 테니까. 게임 속 저 아저씨 죽지 않길 바라는 게 좋을 거야."

에필로그

아 그래서 어쩌란 말이냐 이 아픈 지구를

살려고 하면 죽을 것이고 죽으려 하면 살 것이라는 말이 있다. 멸망에 대해 길게도 떠들었지만, 실은 너무도 살고 싶어서 마음에도 없는 소리를 한 것인지도 모르겠다.

환경을 보호하자는 말을 하려고 지금껏 이 많은 이야기를 쏟아낸 건 아니다. 환경 보호를 위한 방법론을 말하려는 것도 아니다. 감히 그런 말을 하기에 나는 너무나 평범하고 그렇다고 환경을 보호하기 위해 땀 흘려 노력하는 사람도 아니다. 그저 남들만큼의 '행동'이 전부다. 재활용품을 분류하거나 머그컵을 사용하고, 중고물품을 거리낌 없이 쓰는 것 정도의 소박한 행동 말이다. 때로 커피숍에서 종이컵을 받아 나오며 약간의 죄책감을 느끼긴 하지만 텀블러를 가지고 다니는 적극성까지 보이지는 않는다.

나는 그저 우리가 스스로의 모습과 현실을 객관적으로

바라보기를 바랐다. 얼마나 모순적이고 이기적인지 넌지시 말해주고 싶었다.

이왕이면 조금 강한 자극과 함께하면 어떨까 싶어 극단적인 상황을 설정하기는 했지만, 나 역시 멸망이라는 암울한 미래를 바라지는 않는다. 심지어 나는 온 세상과도 바꿀 수 없는 두 자식이 있단 말이다. 아이들이 멸망한 지구에 남겨지길 바라는 부모는 없다. 물론 그런 일이 머지않아 닥칠 거라는 의심은 여전하지만 말이다.

글을 쓰는 내내 우리는 스스로에게 무척 관대하다는 말을 반복했다. 물론 자신을 냉정하게 돌아보는 것은 쉬운 일이 아니다. 불편하고 부끄러운 일이다. 그래서 우린 자꾸 스스로를 용서하고 변명을 늘어놓는다. 험악한 세상을 살기 위해 어쩔 수 없는 자기 최면이 필요하다는 것에는 공감하지만, 그럼에도 지나치게 관대한 건 사실이다.

우리는 환경을 위한 최소한의 변명과 실천 정도만 마련해두고, 온갖 환경 파괴를 일삼고 있다. 노력과 불편함이 전제되지 않는 행동은 충분하지 않다고 생각한다. 내가 하고 싶은 만큼만 실천하는 것은 그냥 자기만족과 기만일 뿐이다. 그 증거가 바로 현재 우리가 겪고 있는 기후위기일 것이다.

우리는 오늘도 저마다의 삶을 살아갈 것이다. 그 반복

되는 일상 속에서 내 책상 위의 물건, 가방과 주머니 속의 물건을 한 번쯤 주의 깊게 바라보는 것만으로도 지금까지와는 다른 생각을 갖게 될 거라고 믿는다. 작은 플라스틱 조각 하나의 길고 긴 여정을 생각해본다면 내가 가진 물건들이 전과는 완전히 다르게 보일 것이다. 그 달라진 시선이 멸망을 막는 작은 시작이 되길 바란다.

먼 훗날, 후손들 앞에서 우리가 그 어려운 시절을 이겨내고 결국 극복해냈다는 이야기를 늘어놓을 수 있기를 바라며, 아직 포기는 이르다는 희망을 말하고 싶다.

"참 멋진 시절이었어. 모두가 환경을 위해 멋지게 노력했거든."

"그런 과거가 있었군요. 그런데 환경은 왜 그렇게 망가졌던 거죠?"

"그게, 우리가 파괴했었거든."

"그러니까 내가 파괴하고 내가 복구한 거네요."

"그렇긴 하지만. 어려운 일이었어."

"애초에 파괴하지 말아야겠다는 생각은 안 했어요?"

"알잖아. 인간은 많이도 부족한 동물이란 거. 거, 너무 묻지 말고."

지독히도 비관적인 한 아저씨의 허무맹랑한 소리가 지나치게 길었다. 불편했다면 용서하시고 여유롭게 웃어넘겨 주길 부탁드린다.

마지막으로, 부디 모두 오래도록 살아남기를 바란다.

해냈어요, 멸망
언행불일치 지구인들의 인류 멸망 보고서

초판 1쇄 2024년 3월 11일 발행

지은이 윤태진
펴낸이 김현종
책임편집 이솔림 **편집도움** 황정원 **디자인** 조주희
마케팅 최재희 안형태 신재철 김예리 **경영지원** 이민주

펴낸곳 (주)메디치미디어
출판등록 2008년 8월 20일 제300-2008-76호
주소 서울특별시 중구 중림로7길 4, 3층
전화 02-735-3308 **팩스** 02-735-3309
이메일 medici@medicimedia.co.kr **홈페이지** medicimedia.co.kr
페이스북 medicimedia **인스타그램** medicimedia

ISBN 979-11-5706-346-8 (03810)